GRUFFUDD

Gruffudd

Martin Davis

Dymuna'r cyhoeddwyr gydnabod cymorth
ariannol at gyhoeddi'r gyfrol hon
drwy law Cyngor Llyfrau Cymru.

Rhif Llyfr Safonol Rhyngwladol:
1-84527-054-1

Llun clawr: Janos Jantner
Cynllun clawr: Tanwen Haf

Argraffwyd a chyhoeddwyd gan Wasg Carreg Gwalch,
12 Iard yr Orsaf, Llanrwst, Dyffryn Conwy, LL26 0EH.
☎ *01492 642031* 🖷 *01492 641502*
✆ *llyfrau@carreg-gwalch.co.uk*
Lle ar y we: www.carreg-gwalch.co.uk

I Robin Tomos, Pentre-bach –
yr hogyn sydd 'wedi darllen popeth'.

Rhagair

Rydym yn gwybod llawer iawn am Gruffudd ap Cynan. Yn wahanol i arweinyddion eraill y Cymry yn ystod Oes y Tywysogion, ysgrifennwyd cofiant iddo, a hwnnw yn y Gymraeg – *Historia Gruffud Vab Kenan* neu Hanes Gruffudd ap Cynan.

Mae'r hanes yn brolio holl weithredoedd y brenin yn ystod ei oes hir, ac oherwydd i Gruffudd fyw nes ei fod yn 82 – a oedd yn dipyn o oed y dyddiau hynny – mae llawer iawn o bethau'n digwydd iddo.

Y cofiant hwn yw'r sail i'r gyfrol hon, ac i roi blas i chi ar ei gynnwys, mae dyfyniadau ohono ar ddechrau'r rhan fwyaf o'r penodau. Doedd neb o'r enw Idwal na Gofi yn y cofiant – cymeriadau dychmygol ydyn nhw sy'n helpu i ddweud y stori. Mae hi'n stori gyffrous ac yn stori bwysig am gymeriad hollol unigryw yn hanes Cymru.

1.

Tri chynnig i Gymro

. . . ac wedi lledu'r hwyliau ar y môr a'r gwynt y tu cefn
iddynt yn eu hyrddio nhw yn eu blaenau, a'r môr yn
dangnefeddus, daeth Gruffudd i Borth Glais ger eglwys
gadeiriol Tyddewi . . .

Hanes Gruffudd ap Cynan

Mae ceisio adnabod y tir o'r môr yn dipyn o gamp. Craffai
Gruffudd ap Cynan ar amlinelliad anghyfarwydd arfordir
Penfro trwy niwl tenau y bore bach, ond rhwng dau olau fel
hyn, amhosibl oedd gweld unrhyw arwydd o'r fynedfa i
harbwr Porth Glais.

Byddai'n rhaid ymddiried y cwbl ym mhennaeth y llong
a safai wrth ei ochr yn rhoi cyfarwyddiadau cwta yn yr iaith
Norseg i'r dyn oedd yn llywio â'r rhwyf fawr a hongiai dros
yr ochr; roedd cyfarthiad ei lais yn cario'n glir dros y dŵr
llonydd i'r llongau eraill yn y fflyd.

Bu'r croesiad o Bort Lairge yn ne Iwerddon yn rhwydd ac
yn gyflym. Roedd gwynt o'r gogledd-orllewin wedi sgubo'r
llynges o ddeg ar hugain o longau Llychlynnaidd pwerus yn
eu blaenau fel cawod o saethau'n cael eu gollwng dros
wyneb y môr.

Yn awr, uwchben rhimyn digroeso'r creigiau serth, gallai
Gruffudd weld bod pigyn amlwg o fynydd wedi dod i'r
golwg; wrth i'r haul ddechrau codi o'r tu ôl iddynt gan
chwalu'r niwl, llifai'i olau dros y copa nes bod lliwiau'r grug
a'r eithin i'w gweld yn glir yn garthen aur a phorffor ar hyd
y llethrau.

"Dacw Garn Llidi," meddai dyn arall a safai wrth ei ochr yn Gymraeg.

Trodd y dyn at Gruffudd, gwên yn ymledu dros ei wyneb yn union fel toriad y wawr y tu cefn iddynt.

"Teg edrych tuag adre," meddai.

Hwn oedd Meurig Goesfain. Pwtyn tenau o ddyn oedd Meurig a golwg debyg i lygoden arno, yn fwy felly ac yntau yng nghysgod y cawr o Lychlynnwr wrth ei ymyl.

Un o uchelwyr y Deheubarth oedd Meurig a oedd i gyflwyno Gruffudd i ddynion de-orllewin Cymru er mwyn ei helpu i gyflawni cwest mawr ei fywyd – i gipio coron Gwynedd yn ôl i feddiant ei deulu, pedwar deg o flynyddoedd ar ôl i'w dad, Cynan ab Iago, gael ei yrru allan o Gymru yn alltud i Iwerddon.

Roedd ffrindiau Gruffudd yn Iwerddon, y Brenin Diarmuid, ac arweinwyr Llychlynwyr Dulyn, wedi cytuno i roi rhagor o ddynion iddo. Hwn oedd y trydydd tro iddynt wneud hynny – a'r tro hwn roedd o'n benderfynol o lwyddo.

Ni chafodd Meurig ymateb i'w sylw gan Gruffudd; pylodd y wên yn araf a throdd yn ôl at wylio'r creigiau danheddog a godai'n arswydus o uchel o'u blaenau, gan roi ambell gyngor i'r blewgi anferth o forwr a'r dyn wrth y rhwyf fawr.

Tynnodd Gruffudd ei glogyn yn dynnach amdano. Teimlai'n ddiamynedd ac yn bigog iawn. Doedd o ddim yn hoffi'r Meurig 'ma. Yn ormod o gynffonnwr, rywsut. Yn wên deg i gyd – ond pwy allai fod yn siŵr beth oedd yn digwydd y tu ôl i'r wyneb bach slei 'na?

Roedd Gruffudd yn dueddol o amau pawb erbyn hyn, beth bynnag. Ddwywaith yn barod yn ystod y chwe blynedd ddiwetha roedd wedi rhoi cynnig ar ailgipio'i etifeddiaeth, ac wedi cael ei fradychu ar y ddau achlysur, ac yn awr dyma fo'n gorfod ymddiried mewn rhyw sinach bach anghynnes na theimlai y gallai roi mwy o goel ynddo nag yn un o weision Satan ei hun.

Aeth cryndod drwyddo. Doedd dim ofn arno fel 'na – yn sicr, dim ofn unrhyw frwydrau na pheryglon oedd i ddod – ond roedd rhyw bryder ym mêr ei esgyrn y byddai'n cael ei rwystro unwaith eto rhag cyrraedd y nod.

O ddyddiau'i blentyndod roedd ei fam, Rhagnaill, merch Sitrig Farf Sidan, brenin Llychlynwyr Dulyn, wedi hau'r hedyn yn ei feddwl mai ef, Gruffudd ap Cynan, oedd gwir etifedd Gwynedd a'i bod yn ddyletswydd arno i unioni'r cam mawr a wnaed yn erbyn ei deulu yn y gorffennol.

Roedd ei dad, Cynan, wedi syrthio mewn brwydr wrth geisio adennill ei hawl i'w deyrnas a cheisio dial ar y rhai a oedd wedi llofruddio Iago ab Idwal, taid Gruffudd, cyn gyrru gweddill y teulu ar ffo o Gymru i deyrnas y Llychlynwyr, yn Nulyn.

Ochneidiodd Gruffudd. Roedd cyfrifoldeb y dasg yn pwyso'n drymach arno nag erioed. Ond fe wyddai yn ei galon y byddai'n llwyddo yn y pen draw.

"Mi fyddi di'n frenin."

Dyna oedd geiriau'r broffwydes Tangwystl pan ddaeth hi ato y tro cyntaf iddo ddod â byddin draw i Gymru gyda'r bwriad o daflu'i elynion allan o Wynedd.

Cyfnither o bell iddo oedd Tangwystl, yn nodedig am ei sgiliau â llysiau a blodau'r maes a'r coed. Dynes hirben ac urddasol ei golwg oedd hi, a pharch mawr gan bawb at ei gallu i broffwydo a darogan y dyfodol.

Ar ôl cwrdd â Gruffudd yn Ynys Môn, roedd wedi edrych arno'n hir â'i llygaid tywyll, ffyrnig. Cofiai Gruffudd hyd heddiw y teimlad aeth drwyddo dan ei threm, fel pe bai'r llygaid yn treiddio i'w enaid.

O'r diwedd gwenodd arno gan ddweud y geiriau hyn:

"Mi fyddi di'n frenin. Yn frenin doeth hefyd yn y pen draw, a bydd dy deyrnas yn heddychlon ac yn ffyniannus o dan dy lywodraeth. Ond mae'r ffordd o'th flaen yn hir ac yn anwastad. Mae gen ti lawer i'w ddysgu a dwi'n ofni mai digon anodd fydd pob gwers – ambell un yn chwerw iawn."

"Sut hynny?" holodd Gruffudd yn syth.

Ond gwrthododd Tangwystl ateb unrhyw gwestiynau na dweud rhagor. Yn lle hynny, rhoddodd grys a thiwnig bendigedig iddo a fu unwaith yn eiddo i un o hen frenhinoedd Gwynedd. Roedd Gruffudd yn eu gwisgo heddiw ac yn ddiolchgar amdanynt yn erbyn brath y gwynt yn ystod y fordaith.

Ar y pryd, doedd o ddim wedi deall geiriau'r broffwydes achos roedd ei gynlluniau yr adeg honno yn dwyn ffrwyth y naill ar ôl y llall fel y mynnai; yn wir, cyn pen dim ar ôl cwrdd â hi, roedd Gruffudd yn frenin ar Wynedd, a rhan gyntaf proffwydoliaeth Tangwystl wedi dod yn wir.

Ond wedyn – brad!

Yn union fel y digwyddodd i'w daid erstalwm. Dynion a oedd i fod yn gefnogwyr, ei gynghreiriaid, yn troi arno ac yn plannu cyllell yn ei gefn, neu'n hytrach gyllyll ar draws gyddfau dau gant o'i filwyr Gwyddelig gorau tra oeddent yn cysgu yn un o bentrefi Pen Llŷn. A'r cnaf 'na, Trahaearn, yn gweld ei gyfle unwaith eto ac yn ei orfodi i ffoi'n ôl i Iwerddon.

Wrth feddwl am Trahaearn, teimlai'r cymylau duon yn cronni yn ei galon a dechreuodd niwl coch syrthio dros ei feddyliau. Tynhaodd ei ddwrn am garn ei gleddyf wrth ei ochr a dechreuodd daeru ac ysgyrnygu o dan ei wynt nes bod y morwr a Meurig yn syllu draw arno'n syn.

Roedd yn casáu Trahaearn â chas perffaith. Y dyn cyfrwys a chreulon o Arwystli yng nghanolbarth Cymru a oedd wedi meiddio symud i mewn i Wynedd a hawlio'r lle iddo'i hun. Oni bai am Trahaearn, byddai wedi dal ei afael yng Ngwynedd ar y cynnig cyntaf.

Bu mor agos at ei ladd ym mrwydr Gwaed Erw ym Meirionnydd; o drwch blewyn yn unig roedd y diawl wedi dianc. Ond dim y tro yma; ni fyddai dianc i'w gael, pa mor bell bynnag y byddai'n ceisio rhedeg, byddai Gruffudd yn ei erlid hyd at byrth Uffern ei hun pe bai'n rhaid iddo.

"Oes rhywbeth yn bod, Arglwydd?" holodd Meurig yn nerfus wrth glywed y mwmian dig wrth ei ochr a gweld bod Gruffudd fel pe bai ar fin tynnu'i gleddyf yn y man a'r lle. Lwcus iddo na chafodd Gruffudd gyfle i ateb neu mae'n beryg y byddai Meurig druan wedi cael pryd o dafod i'w gofio ganddo oherwydd bod Gruffudd ar fin ffrwydro go-iawn.

Ond, yn sydyn, roedd cynnwrf mawr yn yr holl longau a lleisiau a bonllefau o chwerthin a gweiddi mawr i'w clywed ar bob ochr. Roedd pobl y pwyntio'n llawn cyffro at y môr yn union o flaen y fflyd.

2.

Arwydd da a hanes y ddau gynnig cyntaf

"Deffra, was! Deffra! Sbia ar hyn, yn enw Duw."

Gallai Idw glywed y llais fel rhan o'i freuddwyd, ac yn ei freuddwydion roedd o'n ôl yn y pentre lle cafodd ei fagu ar lannau aber afon Conwy ar arfordir gogledd Cymru, a'i fam faeth, Morwen, yn galw arno i helpu Gwenffrwd, ei chwaer fach, i odro'r afr. Yn sydyn, roedd llais melys a dwfn Morwen wedi ildio i ddwrdio byddarol llais ei feistr, Gofan, gof llys Gruffudd ap Cynan.

Ar unwaith, cofiai Idw lle'r oedd o ac aeth ias oer ac annifyr trwy'i fol. Cadwodd ei lygaid ynghau gan geisio crafangu'i ffordd yn ôl i'w freuddwyd.

Wfff! Dyna droed Gofi'r gof yn plamio yn erbyn ei asennau. Gan besychu a thagu cododd Idw ar ei eistedd.

"Be sy? Be sy . . .'n digwydd?" meddai â'i wynt wedi'i fwrw o'i gorff gan y gic.

Safai Gofi rhyngddo ef a'r haul a phrin y gallai Idw ei weld. Yr eiliad nesaf roedd pâr o ddwylo fel pawennau arth wedi cydio amdano a'i godi ar ei draed.

"Fan'na, was i. Wyt ti'n eu gweld nhw?"

Â niwloedd cwsg yn dal i nofio yn ei ben a thros ei lygaid a rhyw bwys annifyr ar ei stumog, ymdrechai Idw i sadio'i olwg ar y môr lle pwyntiai bys mawr y gof.

Am olygfa ryfeddol! Edrychodd ddwywaith heb goelio'i lygaid ar y dechrau. Roedd y môr fel pe bai'n ferw fyw o ryw greaduriaid a edrychai fel petaent yn groes rhwng morloi a physgod, yn tasgu ac yn llamu o gwmpas y llongau, yn hel ei gilydd yn gris-groes o flaen y fflyd neu'n nofio ochr yn ochr ag un o'r llongau cyn dowcio dan y don i ymddangos wedyn ar yr ochr draw iddi. Doedd Idw erioed wedi gweld dim byd tebyg iddynt.

"Beth ydyn nhw, Gofi? Wyddost ti?"

"Llamhidyddion. Ffrindiau mawr i bob morwr," atebodd Gofi.

"Pam?"

"Maen nhw'n greaduriaid clyfar iawn. Mi wnân nhw eich tywys chi trwy'r niwl mwya trwchus i harbwr diogel. Glywaist ti sôn am y bardd Arion o wlad Groeg erstalwm?"

"Wyt ti'n meddwl eu bod nhw'n arwydd da i'r Arglwydd Gruffudd?" holodd Idw'n frysiog cyn i Gofi fedru dechrau ar ei stori.

Unwaith y byddai Gofi'n dechrau adrodd rhyw hen chwedl neu'i gilydd, anodd fyddai rhoi taw arno, ac wrth iddo fynd yn hŷn, byddai'n drysu'n lân yn aml gan anghofio pwy oedd pwy, beth oedd yn digwydd nesa ac yn wir beth oedd pwynt yr holl stori. Profiad poenus iawn i'r gwrandäwr!

Beth bynnag, ers iddo fynd yn brentis iddo ryw chwe blynedd yn ôl, roedd Idw wedi clywed y rhan fwyaf o hoff straeon ei feistr drosodd a thro ac yn eu gwybod yn well nag o erbyn hyn.

"Mi fasa'n anodd i'r Arglwydd Gruffudd ap Cynan gael mwy o anlwc nag y cafodd o y ddau dro diwetha," meddai Gofi gan garthu'i wddf yn swnllyd a phoeri'n filain i'r dŵr llwydlas islaw.

"Ac oeddet ti hefo fo bryd hynny, yn doeddet ti, Gofi?"

"Bryd hynny?" chwarddodd Gofi'n sychlyd a phoeri eto i'r dŵr. "Gwranda di, mi oeddwn i hefo'i dad o'i flaen. Yr hen Gynan ab Iago, hedd i'w lwch, pan geisiodd hwnnw wneud yr un gamp. Hwylio draw o Iwerddon i adennill ei deyrnas, a dyma'r storm waetha a welodd neb erioed yn hanes y byd yn codi oddi ar lannau Môn gan suddo hanner y fflyd. Tri chant o ddynion yn cael eu llyncu gan y môr fel 'na, a'n llong ni wedi colli'r hwylbren a'r llyw a sawl un o'r criw. Roedd lle ofnadwy yna. Y ceffylau'n gwallgofi ac yn neidio i'r môr . . ."

I bwysleisio'r holl ddrama, pwniai Gofi ysgwydd y llanc ifanc mor galed â'i fys nes y bu bron i Idw golli'i droedle ar y styllen fach gul lle safai'r ddau'n pwyso dros ochr y llong.

"Diolcha di, fy machgen i, na wnest ti groesi o Iwerddon ar noson fel honno. Roedd y tonnau fel mynyddoedd a'r gwynt yn ddigon i godi'r dyn cryfa oddi ar ei draed a'i hyrddio i ganol y môr."

Edrychai Idw ar y môr o'u cwmpas, yn llonydd fel llyn erbyn hyn dan haul y bore. Oedd, mi roedd o wedi croesi Môr Iwerddon un tro dan amgylchiadau fel 'na, ond rhaid bod Gofi wedi anghofio iddo sôn am hyn.

Roedd y llamhidyddion eisoes wedi cilio gan ddiflannu mor ddisymwth ag y daethant, ac o'r diwedd roedd pawb yn gallu gweld agorfa gyfyng yn y creigiau a arweiniai at hafan Porth Glais, porthladd Tyddewi a'i heglwys gadeiriol. Roedd cwch bach yn dod allan i gwrdd â nhw a gallent weld baneri amryliw'n chwifio'n groesawgar ar y creigiau uwchben ceg yr harbwr.

"Fuest ti yn Nhyddewi o'r blaen, Gofi?"

"Naddo. Dim ond yng Ngwynedd fues i erioed. Ym Môn y ces i fy ngeni, medden nhw wrtha i. Wnes i ddeud yr hanas wrtha chdi . . ."

"O, do, do," meddai Idw'n gyflym. Doedd o ddim eisiau'r stori honno heddiw, ond eto roedd yn awyddus i glywed mwy am beth ddigwyddodd y ddau dro diwethaf y bu Gruffudd ap Cynan ar dir Cymru. Ond yn anaml y byddai Gofi'n dweud yr hanes roeddech eisiau iddo'i adrodd. Tueddai i sôn am bob dim arall heblaw hynny, ond weithiau gallech fod yn lwcus.

Dyma Idw'n rhoi cynnig arni:

"Dyweda wrtha i be ddigwyddodd, Gofi . . . y troeon o'r blaen . . . hefo'r Arglwydd Gruffudd."

Dim ateb. Dim ond rhagor o boeri i'r môr.

Roedd criw'r llong yn dechrau tynnu'r hwyl i lawr ac yn bwrw'r rhwyfau hir i'r dŵr gan dynnu at fynedfa'r harbwr.

Mentrodd Idw ymhellach:

"Beth aeth o'i le?"

"Brad. Blerwch," daeth yr ateb yn syth. "Methu ennill calonnau'r bobl. Yn rhy llawdrwm ar ei bobol ei hun a dim yn cadw digon o reolaeth ar y Gwyddelod a'r Llychlynwyr. Dipyn o bob dim a deud y gwir. Dipyn o stomp yn y bôn."

Yn sydyn, sylweddolodd Gofi fod ei lais i'w glywed yn glir dros bob man. Edrychodd yn nerfus o'i gwmpas ond doedd neb fel pe baent yn gwrando arno. Doedd y Llychlynwyr a'r Gwyddelod agosaf atynt ddim yn deall Cymraeg beth bynnag, a doedd dim arwydd bod y Cymry tua chefn y llong yn cymryd unrhyw sylw chwaith. Serch hynny, gostyngodd ei lais a phlygu'i ben o fewn ychydig fodfeddi o glust Idw. Gallai Idw weld lleuen foldew yn dringo'n dalog drwy flew brithwyn ei farf.

"Mae ganddo fo lawer iawn i'w ddysgu, wsti," sibrydodd Gofi gan amneidio'i ben arno'n gynllwyngar. O weld Idw'n craffu ar ei farf, edrychodd i lawr a gweld y lleuen fach bowld ar ei thaith o gudyn i gudyn. Gyda "Ha!" buddugoliaethus, cipiodd y creadur o'r blew, ei wasgu rhwng bys a bawd a thros yr ochr â hi.

Erbyn hyn roeddent wedi cyrraedd y fynedfa i'r porthladd, gan ddilyn y cwch bach a arweiniai'r ffordd ar hyd y sianel gywir i ddiogelwch yr harbwr hirgul. Gallai Idw weld dynion ar gefn ceffylau'n carlamu hyd lethrau'r penrhyn ar y chwith iddynt ac roedd sŵn drymiau ac ambell utgorn i'w glywed yn atseinio dros y bae.

"A beth am yr ail dro?"

"'Bach o dân siafins oedd hwnnw a deud y gwir. Wnaethon ni lanio ym Môn unwaith eto a rywsut roedd

Trahaearn, saith melltith ar ei enaid, wedi clywed si bod byddin anferthol ar ei ffordd, ond ychydig iawn oedden ni o ran nifer mewn gwirionedd, ond dyma Trahaearn a'i wŷr yn ei gleuo hi am Feirionnydd. Popeth yn dda. Roedd gan Gruffudd dipyn o ffrindiau ym Môn ac Arfon – mwy nag oedd ganddo yn Llŷn a Meirion, a deud y gwir – a siawns na fasa wedi gwneud gwell job ohoni yr eildro."

"Be ddigwyddodd 'ta?"

Ochneidiodd Gofi ac edrych dros ei ysgwydd cyn bwrw ymlaen â'r stori. Roedd yn sibrwd yn dawel iawn erbyn hyn rhag ofn i neb ei glywed.

"Daniaid – Llychlynwyr – oedd y rhan fwya o'r milwyr oedd wedi dod draw hefo'r Arglwydd Gruffudd 'radeg honno. A dyma nhw'n dechrau anrheithio Môn."

"Be ydi anrheithio?"

"Dyna sut mae'r holl filwyr sydd gan yr Arglwydd Gruffudd – y Daniaid a'r Gwyddelod yma – yn cael eu talu. Maen nhw'n hawlio anrhaith – sef yr hawl i ddwyn a lladrata, a gwaeth na hynny, ble bynnag maen nhw'n mynd.

Mwy o boeri i'r môr.

"Dydi'r werin bobol ddim yn hoffi hynny, cofia. Ac os wyt ti'n gofyn i mi, dyna un rheswm i ti pam bod yr Arglwydd Gruffudd yn ei chael hi'n anodd dal ei afael ar Wynedd."

Anadlodd Gofi yn ddwfn sawl gwaith trwy'i drwyn cyn ailgydio yn yr hanes fel pe bai'n ceisio rheoli'i dymer.

"Beth bynnag i ti, roedd yr Arglwydd Gruffudd wedi gorchymyn y Daniaid i beidio ag anrheithio y tro yma, ond wnaethon nhw ddim cymryd affliw o sylw, naddo. Yn y pen draw, mwya cywilydd i ni, mi gawson ni i gyd – y Cymry, hynny yw – ein hel yn ôl i'r llongau ganddyn nhw. Ein herwgipio, myn asen i, ac yn ôl â ni i Ddulyn. Mwy o stomp i ti!"

Daeth ei ddwrn i lawr ar y pren a throdd pen ambell un i gyfeiriad y sŵn.

"Oedd yr Arglwydd Gruffudd yn flin?" gofynnodd Idw.

"Yn gynddeiriog ulw o flin."

Roedd ei lais wedi codi'n uchel a mwy o bennau'n dechrau troi. Yn sydyn sylwodd Gofi eu bod yn nesáu'n gyflym at y lan.

"Ac mi fydda i'n gynddeiriog ulw o flin os byddi di'n dal ati hefo dy hen gwestiyna gwirion. Ty'd, mae gynnon ni waith i'w wneud."

Ond roedd gan Idw un cwestiwn arall.

"Gofi, fuest ti'n ymladd y Normaniaid erioed?"

Ond doedd Gofi ddim yn gwrando, roedd wedi mynd i lawr i grombil y llong i hel ei gêr at ei gilydd, yr offer y byddai ei angen arno ef a'r gofaint eraill i drwsio a chynhyrchu arfau a phopeth arall o haearn – pedolau, hoelion, gwaywffyn, cyllyll, offer coginio – yn ystod yr ymgyrch.

Arhosodd Idw lle'r oedd o am ychydig i wylio'r llongau'n dod fesul un i mewn i'r porthladd, y rhwyfau'n cydweithio'n osgeiddig braf fel coesau rhyw neidr gantroed wrth iddynt lywio am y glanfeydd pren a'r traeth. Â'u gwaelodion gwastad, gallai llongau Llychlyn gyrraedd y dŵr bas yn hollol ddidrafferth, ac eisoes roedd yna ddynion yn neidio ohonynt ac yn dechrau'u dadlwytho.

Teimlodd Idw ryw gyffro'n byrlymu yn ei fol. Dyma'r tro cynta iddo ddychwelyd i'w famwlad ers y diwrnod erchyll hwnnw chwe blynedd yn ôl.

Tybed a fyddai'n llwyddo i fynd yn ôl i'r pentre lle y cafodd ei fagu a chwrdd eto â'i fam faeth a'i chwaer fach – os llwyddodd hi i ddianc. Fydden nhw'n ei nabod? Roedd wedi prifio tipyn ers hynny. Gwaith gof wedi magu cyhyrau. A fyddai yntau'n eu nabod nhw?

"Idw! Sym' dy din, y pry clust bach hyll, neu mi glyma i'r eingion 'ma am dy ffêr a dy luchio di i'r môr!"

Doedd dim rhaid iddo ofyn eilwaith.

3.

Hanes Idw a'r môr-ladron

Deg oed yn unig oedd Idwal, mab Ieuan y Cranciwr, pan gafodd ei gipio o'r traeth yn aber afon Conwy gan fôr-ladron Gwyddelig a'i roi ar werth wedyn fel caethwas – yn un o'r *thralls* fel roeddent yn cael eu galw yn y Norseg – yng nghanol Dulyn.

Ceisio dilyn galwedigaeth ei ddiweddar dad oedd o, yn hel crancod – yn creinca – o'r pyllau yn y graig ar lannau'r aber, ar y bore y cafodd ei ddal gan y môr-ladron.

Roedd ei dad a'i fam wedi marw o ryw bla a oedd wedi taro'r fro pan oedd Idw'n fachgen bach iawn, ac ni allai hyd yn oed ddwyn i gof sut olwg oedd arnynt erbyn hyn. Roedd ganddo chwaer fach iau o'r enw Gwenffrwd ac roedd yna faban bach, hogyn, a fu farw tua chwe mis ar ôl marwolaeth ei rieni. Doedd Idw ddim yn cofio'i frawd bach.

Ar ôl i'w rhieni farw, roedd Idw a Gwenffrwd wedi cael eu magu gan gyfnither i'w tad o'r enw Morwen, hen wreigan hwyliog a heini a fu'n gofalu am y ddau blentyn fel pe bai'n fam go-iawn iddynt. Er gwaetha caledi'r oes a'u profedigaeth gynnar, roedd eu magwraeth yn ddigon hapus a diogel o'u cymharu â rhai.

Ond roedd peryglon rif y gwlith o'u cwmpas – ar y môr, yn y mynydd, yn y coed a'r afon – heb sôn am afiechydon, newyn a rhyfela cyson y Cymry ymysg ei gilydd ac ymosodiadau gan estroniaid. Ond rhywsut teimlent yn ddigon saff lle'r oeddent. Roedd cynnyrch y môr a'r aber a'u hychydig gnydau'n eu cadw'n fyw, a phob blwyddyn byddent yn symud ychydig o eifr a defaid i'r mynydd ac yn ôl i lawr gwlad yn y gaeaf. Roedd bywyd yn dilyn patrwm syml a digyfnewid. Roeddent yn byw yn un â'u cynefin, yn atebol i ofynion y tymhorau, y tywydd a byd natur yn bennaf.

Felly, er i oedolion y pentre eu rhybuddio droeon am yr hyn a allai ddigwydd iddynt i lawr ar y traeth ar drywydd y crancod blasus, doedd rhybuddion o'r fath yn golygu dim byd.

Yn gynnar y bore oedd hi, ar ddechrau'r hydref. Roedd y niwl heb godi o'r dŵr ac adar yr aber yn un côr mawr draw ar y morfa ac uwchben yr afon. Mae'n rhaid bod cwch y môr-ladron wedi glanio yn y nos ac yn aros o'r golwg yr ochr draw i'r penrhyn, a'r dynion a'u merlod wedi cuddio yng Nghoed y Wern ym mhen draw'r glastraeth.

Symudai Idw'n gyflym o bwll i bwll. Roedd yn cael hwyl arni ac eisoes wedi dal dwy grances nobl a hel llwythi o gregyn gleision ac wystrys i'w ffeirio am ychydig ŷd yn y felin yn nes ymlaen yn y dydd.

Gwenffrwd oedd yn cario'r helfa mewn basged wiail a oedd bron mor fawr â hi, a châi gryn drafferth wrth ei llusgo dros y creigiau ar ôl ei brawd mawr, a hwnnw'n ddigon diamynedd o'i hymdrechion.

"Tyrd ymlaen, y falwen. Rhaid i ni wneud y tylla 'ma i gyd cyn i'r llanw ddod dros y creigia eto. Unwaith i'r haul daro Pen y Gogarth mi fydd hi'n bryd i ni 'i throi hi."

Roedd Gwenffrwd wedi cael llond bol ar ei ddwrdio, a dyna hi'n rhoi'r fasged i lawr a heb ddweud yr un gair, yn troi ar ei sawdl gan stompian yn ôl dros y creigiau ac i lawr i'r traeth â hi.

"Tyrd yn ôl os nad wyt ti eisio celpan gen i," bloeddiodd Idw, er y gwyddai'n iawn mai Gwenffrwd a enillai'r dydd bob tro pan ddigwyddai rhywbeth fel hyn. Byddai'n rhaid iddo fod ychydig yn fwy ystyriol ohoni os oedd o eisiau'i help er mwyn gorffen y gwaith.

"Brensiach y bobl bach! Dim eto!" ochneidiodd gan gychwyn ar ei hôl hi. Cyrhaeddon nhw'r tywod yr un pryd, ac roedd Idw ar fin gafael yn ei harddwrn pan glywodd ryw fwstwr yn dod o ben draw'r traeth.

Roedd yna blant eraill yno y bore hwnnw yn hel gwymon i'w defnyddio'n wrtaith ar y caeau – rhyw ddeg i bymtheg ohonynt i gyd. Yn sydyn dechreuodd y plant hyn sgrechian a rhedeg am y coed. Edrychodd Idw dros ei ysgwydd a gweld criw o ddynion yn rhedeg atyn nhw o ben arall y traeth.

"Dos! Yn ôl dros y creigia! Cuddia yn y coed!" gwaeddodd ar Gwenffrwd.

Gwibiodd ei chwaer fel gwenci'n ôl y ffordd y daethant. Aeth Idw i'w dilyn ond sylweddolodd fod un o'r dieithriaid yn anelu'n syth amdanynt, yn chwifio pastwn trwm yn ei law a golwg ffyrnig ar ei wyneb. I dynnu sylw'r dyn oddi ar Gwenffrwd, dyma Idw'n rhedeg ar hyd y traeth i'r un cyfeiriad â gweddill y plant.

Yn sydyn o Goed y Wern, ym mhen pella'r traeth o'i flaen, carlamodd dwy ferlen o gysgod y llwyni. Carlament rhyw hanner can llath ar wahân i'w gilydd, ac ar gefn y merlod roedd dau ddyn yn dal rhwyd drom dros y pellter oedd rhyngddynt. Roedd y plant yn rhedeg tuag ato fel penwaig o flaen y llanw.

Gwelodd Idw bump neu chwech yn cael eu llorio oddi tano, yn cael eu dal yn gaeth ar y tywod a dynion eraill yn symud i mewn i ddelio â'r helfa. Fe drodd gan chwilio'n ofer am ddihangfa arall, ond roedd y môr-leidr y tu ôl iddo ac ar ei ben mewn chwinciad. Ceisiodd ei amddiffyn ei hun, ond daeth y pastwn i lawr ar ei gorun ac ni wyddai dim byd yn rhagor.

Deffrodd yng nghanol storom ar fôr Iwerddon a bu'n sâl yn syth. Ni allai agor ei lygaid yn iawn, ac am ychydig ofnai ei fod yn ddall, ond wedyn sylweddolodd mai gwaed wedi'i geulo o anaf ar ei ben oedd yn glynu caeadau'i lygaid yn sownd yn ei gilydd. Roedd glaw ac ewyn y môr yn tywallt drosto trwy'r adeg, a llwyddodd Idw i olchi peth o'r gwaed sych i ffwrdd – tipyn o dasg gan fod ei ddwylo wedi'u rhwymo'n dynn o'i flaen yn yr un modd â'i goesau. Yna, llusgodd ei gorff nes ei fod yn lled eistedd yn erbyn ochr y llong.

Gwelai fod efallai dau ddwsin o blant ifainc tebyg iddo, yn ferched ac yn fechgyn, yn gorwedd yng ngwaelod y llong. Nesa ato gorweddai Tudno, bachgen o'r un pentre a thua'r un oed ag ef. Roedd yn crio'n ddi-baid mewn poen ac ofn.

"Tudno! Y fi sy 'ma, Idwal mab Ieuan. Lle wyt ti wedi dy frifo?"

Ond chafodd o ddim ateb. Aeth y crio ymlaen trwy'r nos gan ddistewi o'r diwedd gyda thoriad y wawr. Roedd y storom drosodd erbyn hynny. Daeth un o'r Gwyddelod i lawr at y plant gan roi dŵr iddynt o letwad fawr bren. Roedd cymryd dŵr o'r lletwad heb ddefnyddio'r dwylo'n anodd ar y naw a chollwyd y rhan fwyaf ar y dec. Pan ddaeth y dyn at Tudno, oedodd gan archwilio corff llonydd y bachgen yn ddigon di-hid.

Gwaeddodd rywbeth mewn iaith na fedrai Idw ei deall a daeth ateb yn ôl o un o'r dynion ar y dec uwchben. Dyma ddyn y dŵr yn cydio yng nghorff Tudno gan ei luchio fel clwtyn dros ei ysgwydd. Yna, dringodd yn ôl i'r dec uwchben a gwyliodd Idw mewn arswyd wrth iddo fynd at ochr y llong a gollwng corff Tudno druan yn ddiseremoni i'r tonnau.

Caeodd Idw ei lygaid. Dim ond gobeithio bod Tudno wedi marw.

Ni allai weld ei chwaer ymhlith y plant eraill. Efallai ei bod hi wedi llwyddo i ddianc a dweud yr hanes wrth bobol y pentre. Beth fyddai Morwen yn ei feddwl? Oedd, roedd hi wedi'u rhybuddio droeon. Byddai'n cael pryd o dafod, yn ddi-os, ond byddai'n well ganddo'r pryd o dafod gwaetha erioed na bod lle'r oedd o ar hyn o bryd – unrhyw beth er mwyn cael gweld ei deulu a'i ffrindiau unwaith eto.

4.

Gofi'n taro bargen

Roedd Gofi'n hoffi strydoedd Dulyn. Roedd bob amser rhywbeth newydd i'w weld, i'w glywed neu i'w flasu yno. Roedd yna fwrlwm ym mhobman o'i gwmpas a'r rhwydwaith o lonydd a llwybrau cul rhwng y tai pren, to gwellt dan ei sang.

Erbyn hyn, ar ôl brwydr fawr Clontarf rhwng y Gwyddelod a'r Daniaid ym 1014, pan oedd y Gwyddelod wedi dangos pwy oedd y meistri go-iawn yn Iwerddon, roedd yr elyniaeth ffyrnig a fu rhwng y ddwy genedl yn prysur ddiflannu. Roedd Llychlynwyr yn priodi â Gwyddelod ac erbyn hyn roedd y Norseg yn troi'n iaith roedd y Gwyddelod yn ei galw'n *gic-goc*, rhyw gymysgedd go ryfedd i'w clustiau nhw, oedd yn hanner Gwyddeleg ac yn hanner Norseg.

Roedd y Daniaid yn grefftwyr penigamp. Ar ddiwrnod braf fel hyn, roeddent i gyd yn eistedd o flaen eu gweithdai – yn cerfio esgyrn, yn gwneud gwaith lledr neu waith gwydr a brodwaith lliwgar. Roedd Gofi wrth ei fodd.

Cafodd ei lygad-dynnu gan y gof efydd, oedd wrthi'n creu llestri hardd i rai o'r eglwysi lleol. Rhyfedd meddwl pan ddaeth y Llychlynwyr i Iwerddon yn wreiddiol, dinistrio a llosgi eglwysi a dwyn popeth o werth ohonynt oedd eu prif ddiddordeb. Oedd, mi roedd y rhod wedi troi.

Oedodd Gofi am ychydig i wylio'r gof efydd wrth ei waith gan holi ambell gwestiwn technegol iddo. Roedd yn braf cael ymlacio. Roedd newydd ddychwelyd o gyrch aflwyddiannus cynta Gruffudd ap Cynan yng Ngwynedd ac wedi ymlâdd.

Ar ddiwedd y cyrch, gyda lluoedd Trahaearn yn dynn wrth eu sodlau, bu'n rhaid iddynt gael lloches ar Ynysoedd y Moelrhoniaid oddi ar arfordir gogledd Môn. Roedd eu bwyd wedi darfod a'r tywydd yn ofnadwy. Am y tro cynta, dechreuodd Gofi deimlo'i oedran – er nad oedd o na neb arall yn hollol siŵr beth oedd ei oedran go iawn mewn gwirionedd.

Diolch i Dduw, roeddent wedi llwyddo i gyrraedd Iwerddon yn saff yn y pen draw, ac yn awr roedd yn ôl yn gwneud ei waith arferol fel gof y llys ac yn ddigon bodlon ei fyd, ond, mawredd, roedd yn cael yr holl waith cymaint yn drymach erbyn hyn. Byddai'n rhaid iddo gael cymorth o rywle.

Wrth adael canol y dref aeth heibio i ryw fath o ffald ger un o'r tai. Yn y ffald safai bachgen ifanc tua naw oed ac yng nghysgod drws y tŷ roedd dyn tal, penfoel â barf gringoch at ei ganol yn llechu o'r golwg. Yn sydyn, fe sylweddolodd Gofi mai un ffordd i ddatrys ei broblemau yn y gwaith fyddai cael prentis bach – rhywun i redeg a rasio drosto a gwneud y mân jobsys oedd yn gymaint o fwrn arno fo erbyn hyn.

Trodd yn ôl at y ffald gan wylio'r bachgen a safai yn edrych at y llawr. Roedd golwg go gadarn arno; ychydig bach mwy o gig ar yr esgyrn 'na, hwyrach, ac mi fyddai'n gwneud gwas bach gwerth chweil. Gallai weld ryw friw llidus yr olwg ar ei ben ychydig uwchlaw ei lygad chwith, ond fel arall edrychai'n iach iawn.

Gwyddai Gofi'n iawn nad oedd y caethweision oedd yn cael eu gwerthu fel hyn yn cael eu trin yn dda. Roedd y rhan fwyaf o *thralls* y Llychlynwyr yn cael eu geni'n gaeth. Os oedd eich tad yn *thrall* wedyn *thrall* fyddech chi am weddill eich oes. Roedd y rhain – y caethweision o dras fel petai – yn

26

cael eu trin llawer iawn yn well, ac yn werth llawer iawn mwy o arian na bachgen fel hwn a oedd yn amlwg wedi'i gipio gan fôr-ladron.

Tasa fo'n dod ata i, meddyliodd Gofi, mi fasa'n rhaid iddo weithio, wrth reswm, ond faswn i ddim yn ei gam-drin o gwbl. Cymro bach ydi hwn, debyg iawn, o ran ei olwg.

"Felly," meddai'n uchel ac mor glên ag y gallai yn Gymraeg gan fynd ar ei gwrcwd i siarad â'r bachgen wyneb yn wyneb. "Sut hoffet ti fod yn brentis i brif of llys Gruffudd ap Cynan, Brenin Gwynedd?"

Cododd y bachgen ei ben gan edrych yn syn i lygaid Gofi.

Gofynnodd Gofi'r un cwestiwn yn ei Wyddeleg fratiog y tro hwn, heb gael ymateb eto.

Daeth y dyn tal o'r cysgodion gan gyfarch Gofi yn yr iaith *gic-goc* hanner a hanner.

"Dydd da, gyfaill. Wyt ti'n chwilio am *thrall* bach gweithgar?"

"Falla," meddai Gofi, gan sythu o'i gwrcwd. "Faint fyddet ti'n ei ofyn am hwn?"

Enwodd y dyn ei bris. Chwarddodd Gofi'n braf gan gynnig pris sylweddol is.

Trodd y dyn i ffwrdd yn syth a dechrau cerdded yn ôl at gysgod y drws. Cododd Gofi ei ysgwyddau a dechrau ar ei ffordd yntau.

"Paid â 'ngadael i fan hyn, of y llys." Roedd llais y bachgen yn gryg ac yn crynu fel brwynen yn y gwynt.

Trodd Gofi yn ôl at y ffald. Dychwelodd y dyn o'r cysgodion a golwg amheus yn ei lygaid.

"Mae gen ti dafod, felly. Da iawn. Ond mae hwn eisiau gormod o bres amdanat ti, mae arna i ofn."

"Rwy'n ymbil arnat ti i beidio â 'ngadael i hefo'r dyn yma. Mae o'n fwystfil. Mae o'n ein curo ni bob dydd. Gad imi ddod hefo ti i'r llys, mi fydda i'r gwas gorau a fu gan of erioed."

"Rwyt ti'n costio gormod," meddai Gofi, ond o weld yr

olwg druenus yn llygaid y bachgen, meddalodd ei galon. Wynebodd y gwerthwr gan ymestyn i'w ysgrepan am yr arian.

"Hanner cant, dywedaist ti, yntê?"

"Saith deg," meddai'r cochyn dan wenu'n afiach.

"Be?" meddai Gofi'n flin. "Pum deg oedd dy bris di gynna' fach."

"Mae'r pris wedi codi yn wyneb y galw," meddai'r cochyn yn hunanfodlon. Ond ni chafodd gyfle i ddweud fawr ddim arall am weddill y diwrnod hwnnw achos mewn chwinciad roedd Gofi wedi gafael yn ei grys llaes a'i dynnu ato gan ddod â'i dalcen i lawr yn glec ar ei drwyn. Daliai Gofi ei afael yn dynn yn y crys fel na allai'r llall godi'i ddwylo i dendio'i drwyn gwaedlyd; wedyn dyma ddwrn haearnaidd y gof yn ei daro dan glicied ei ên gan ddiffodd goleuni'r diwrnod ar y masnachwr creulon a'i holl dwyll am y tro. Gollyngodd ei afael yn y crys a syrthiodd y corff llipa i'r llawr fel sachaid o ŷd.

"Dyna be dwi'n galw 'taro' bargen!" meddai Gofi gan rwbio'i figyrnau.

Plygodd dros ochr y ffald a chodi Idw i'w freichiau. Roedd llygaid yr hogyn bellach fel soseri yn ei ben. Ai breuddwyd oedd hon?

"Waeth i ni ddiflannu'n o handi rhag ofn i ffrindiau'r burgyn budur yma ddod i chwilio amdano fo."

Ac i ffwrdd â nhw ar hyd llwybr cul rhwng dwy res o dai.

A dyna sut y daeth Idwal mab Ieuan y Cranciwr yn brentis i Gofan, gof llys Gruffudd ap Cynan.

Mawr oedd ei ddyled a'i ddiolch yn wir. Roedd y dyddiau ers iddo gael ei ddal gan y môr-ladron wedi bod yn un llinyn hir o boen ac ofn, yn cael ei fwydo ar gibau'r moch a'i gadw ar gadwyn ar ryw fath o fuarth agored yn y nos a'i lusgo i'r ffald ar gongl y stryd yn ystod y dydd. Roedd sawl un arall o'r plant a gipiwyd yr un pryd ag o wedi marw erbyn hyn ac fe wyddai na allai ddiodde llawer iawn mwy a

bod ei nerth yn pallu'n gyflym. Pe bai'r marsiandïwr heb
lwyddo i gael gwared ag o trwy'i werthu, ni fyddai'n
meddwl ddwywaith cyn ei ladd.

Am fis cyfan bu Gofi'n tendio ar Idw ac yn ei besgi i'w
gryfhau at y gwaith oedd o'i flaen. Pan ddechreuodd y
gwaith hwnnw, roedd yn drwm ac yn ddiddiolch gan amlaf.
Hefyd, roedd Gofi'n barod iawn i roi clustan, neu gic neu
gelpan i'r hogyn ac yn gyndyn iawn o'i ganmol.

Eto i gyd, roedd bob amser ar gael, bob amser yr un fath,
doedd fiw i neb ddweud dim byd drwg am ei was a doedd
o byth yn frwnt hefo fo; am y tro, teimlai Idw'n ddiogel ac ar
ôl ei brofiadau yn nwylo'r môr-ladron, roedd hynny'n
ddigon.

5.

Cwrdd â Rhys ap Tewdwr

. . . a phan glywodd Gruffudd mai Trahaearn oedd un o ormeswyr Rhys ap Tewdwr, dyma fo'n ffroeni mewn cynddaredd ac yn gofyn i Rhys beth fyddai'n roi iddo am ei helpu i ymladd yn erbyn y bobl hyn.

Hanes Gruffudd ap Cynan

Doedd Gruffudd ddim wedi derbyn croeso fel hyn o'r blaen wrth lanio yng Nghymru. Roedd y porthladd bach yn un bwrlwm mawr. Yn ogystal â'r pum cant o ddynion a cheffylau'n dylifo o'r llongau, roedd holl glerigwyr, athrawon ac esgobion Tyddewi wedi troi allan i gyfarch Gruffudd a'i fyddin ynghyd ag amryw o uchelwyr lleol a'u dilynwyr.

"Mae'r Archesgob Sulien am dy fendithio yn nes ymlaen," meddai Meurig a oedd bellach yn gwenu o glust i glust. Yn wir, roedd Gruffudd yn cael gwell golwg arno erbyn hyn nag ar y llong, ac yn dechrau cynhesu ato rhyw fymryn.

Roedd enw Archesgob Tyddewi, Sulien, yn gyfarwydd i Gruffudd. Roedd y dyn duwiol, dysgedig a doeth yma wedi treulio tair blynedd ar ddeg yn Iwerddon ac yn medru'r Wyddeleg yn rhugl. Siawns na fyddai derbyn bendith gan ddyn mor uchel ei barch yn fuddiol iddo yn ei ymgyrch ac yn help iddo ennill cefnogaeth.

"Ffordd hyn, f'Arglwydd. Ffordd hyn." Roedd Meurig yn arwyddo arno i ddilyn ychydig o'r neilltu i'r dorf lle safai mintai o wŷr arfog blinedig eu golwg, eu clogynnau'n fwdlyd ac yn garpiog.

Yn amheus braidd, dyma Gruffudd yn ei ddilyn ac wrth iddynt ddynesu at y dynion, dyma un ohonynt yn camu ymlaen ac yn syrthio ar ei liniau.

"Croeso, Gruffudd, Brenin Brenhinoedd Cymru. Atat ti dwi'n ffoi gan syrthio ar fy mhennau gliniau i ymbil am dy help a'th gefnogaeth."

Edrychodd Gruffudd yn syn ar y dyn ar ei liniau o'i flaen. Doedd o ddim yn edrych yn wahanol i'r dynion eraill – yn fudur ac yn flinedig.

"Pwy wyt ti, felly?" gofynnodd yn hurt braidd gan arwyddo iddo sefyll ar ei draed.

"Rhys mab Tewdwr, arglwydd y deyrnas hon tan yn ddiweddar iawn, ond erbyn hyn dydw i ddim gwell nag alltud a ffoadur yn fy ngwlad fy hun . . . ac yn neb yng ngolwg pawb." Roedd ei lais ar dorri a llond ei lygaid gwyrddlas o ddagrau wrth siarad.

Cofiai Gruffudd yn ôl i'r adeg ar ddiwedd ei ymgais gyntaf i adennill Gwynedd, yn ffoi rhag byddinoedd Trahaearn, yn wlyb ac yn oer mewn ogof ddrewllyd a chyfyng ar Ynysoedd y Moelrhoniaid, yn gwrando ar ddwndwr di-baid y tonnau yn erbyn y creigiau a sgrechian gwawdlyd y gwylanod. Bryd hynny bu halen ei ddagrau a halen ewyn y môr yn gymysg â'i gilydd ar ei wyneb wrth iddo geisio dod o hyd i'r nerth i gadw i fynd ac i roi arweiniad a chalonogi'i ddilynwyr ffyddlon. Roedd yn synhwyro mai adar o'r unlliw oedd o a Rhys ap Tewdwr.

Symudodd y ddau frenin i eistedd ar garreg wastad a edrychai dros y porthladd prysur; roedd hwnnw bellach yn llawn llongau a sŵn a symud.

Gofynnodd Gruffudd i Rhys pwy oedd yn ei ormesu ac enwodd Caradog ap Gruffudd a dynion Gwent a Morgannwg yn ne Cymru.

"Ac mae ganddyn nhw lawer iawn o Normaniaid hefo nhw."

"Normaniaid?" meddai Gruffudd gan grychu'i dalcen.

Roedd Gruffudd wedi ymladd ar yr un ochr â'r Normaniaid ac yn eu herbyn yn y gorffennol. Er gwaethaf eu henw fel milwyr a marchogion effeithiol a chadarn, gwyddai o brofiad bod modd eu trechu. Yn ystod ei gyrch cyntaf i'r gogledd roedd wedi tynnu blewyn go boenus o'u trwynau trwy ymosod yn ffyrnig ar gastell Rhuddlan – pencadlys y Normaniaid yn y rhanbarth hwnnw, cartref Robert o Ruddlan.

Yn wreiddiol, roedd Gruffudd wedi gofyn am gymorth gan Robert y Norman i hel Trahaearn o Wynedd, ac wedi'i dderbyn – ond ymhen yr hir a'r hwyr, roedd o'n sylweddoli y byddai awydd y Normaniaid i reoli popeth ac i beidio â gadael i'r Cymry gael arweinwyr cryfion, yn gwrthdaro â'i gynlluniau ef yng ngogledd Cymru. Penderfynodd mai gwell oedd taro'n gyntaf yn lle aros i'r barwniaid droi holl rym eu byddinoedd yn ei erbyn.

Aeth yr ymosodiad yn dda a chollodd y Normaniaid lawer iawn o'u marchogion, ond ni lwyddodd i gipio'r castell ei hun. Wrth reswm, bu Robert o Ruddlan yn flin fel cacwn ar ôl hynny, a thros y blynyddoedd nesaf, tra oedd Gruffudd yn ôl yn Iwerddon, bu'n dial yn gyson ac yn ddidrugaredd ar Wynedd a'i phobl.

Felly roedd unrhyw sôn am Normaniaid yn destun pryder. Faint o Normaniaid? Marchogion neu filwyr traed?

"Albryswyr."

Dynion y bwâu croes. Rhyddhad mawr. Doedd yr arfau hyn ddim yn ei boeni'n ormodol. Hen bethau trwm, yn anodd i'w llwytho ac yn arafach o lawer na'r bwâu roedd ei filwyr yntau'n eu cario. Roeddent yn fwy pwerus na'r bwa hir, wrth gwrs, ac yn gallu cael eu saethu ymhellach o lawer, ond yn nhirwedd mynyddoedd Cymru, digon aneffeithiol oeddynt.

"Pwy arall sydd yno?"

"Rhiwallon a meibion Powys."

Nodiodd Gruffudd. Roedd yn gallu gweld pa ffordd roedd y gwynt yn chwythu.

"A Trahaearn a dynion Arwystli."

"Ro'n i'n amau!" ffroenodd Gruffudd gan fwrw'i ddwrn yn galed yn erbyn cledr ei law.

"Rwyt ti'n nabod y gwalch?" gofynnodd Rhys o weld yr effaith drydanol a gafodd yr enw ar Gruffudd.

"O, ydw, dwi'n ei nabod o'n dda. Gwranda, Rhys mab Tewdwr, brenin Deheubarth Cymru – dyweda wrtha i be roi di i mi os wna i a'm dynion dy helpu i sgwrio'r sglyfaeth Trahaearn 'ma a'r gweddill allan o dy deyrnas unwaith ac am byth."

Ystyriodd Rhys yn gyflym. Heb help Gruffudd roedd ei sefyllfa'n anobeithiol. Newydd ddychwelyd o Lydaw i hawlio'i deyrnas oedd o, lle bu'n alltud am sawl blwyddyn, dim ond iddi gael ei chipio oddi arno bron yn syth gan Trahaearn a'i griw. Doedd ganddo mo'r cyfoeth na'r gefnogaeth i godi digon o fyddin i yrru'i elynion o'r Deheubarth ar ei ben ei hun.

"Mi rodda i hanner fy nheyrnas i ti, a mwy na hynny, ac mi dala i wrogaeth i ti."

Estynnodd Gruffudd ei law i frenin y Deheubarth. Prin y gallai gredu'i lwc: cyfle i gael gwared â'r hen flaidd barus Trahaearn 'na unwaith ac am byth, hanner teyrnas Deheubarth Cymru a gwrogaeth – ei gydnabod yn uchel frenin – a hynny i gyd mewn un bore.

Arwydd da'n wir oedd y llamhidyddion 'na. Roedd pethau ar i fyny go-iawn a phroffwydoliaeth Tangwystl ar fin cael ei gwireddu unwaith eto.

6.

Gruffudd yn mentro

. . . Ac yna bu brwydr y bu cof amdani am genedlaethau.
Roedd y ddaear yn atseinio dan daran y ceffylau a thraed y
milwyr . . . Roedd chwys y llafur a'r gwaed yn rhedeg mewn
ffrydiau . . .

Hanes Gruffudd ap Cynan

Roedd cyfeillgarwch mawr yn tyfu rhwng Rhys a Gruffudd.
Ar ôl cytuno i gyfuno'u lluoedd i ymladd â Trahaearn a'r
gweddill, aethant yn eu blaenau i eglwys gadeiriol Tyddewi.
Yno fe gafodd Gruffudd ei fendithio gan yr Archesgob
Sulien a lle y tyngodd Rhys a Gruffudd lw o ffyddlondeb i'w
gilydd ar greiriau Dewi Sant ei hun.

Roeddent i'w gweld yn ffrindiau pennaf, yn chwerthin
o'i hochr hi ac yn mynd yng nghwmni'i gilydd o'r naill
uchelwr i'r llall yn y gwersyll y noson honno gyda Meurig
Goesfain yn tuthian bob cam ar eu holau fel ci bach – a
hwnnw â dwy gynffon ganddo.

Byddin o ryw fil o ddynion a adawodd y gwersyll fore
trannoeth. Roedd ysbïwyr Rhys ap Tewdwr wedi clywed
bod lluoedd y gormeswyr yng nghyffiniau ardal o'r enw
Mynydd Carn.

"Pa mor bell ydi'r Mynydd Carn 'ma?" gofynnodd
Gruffudd a oedd wedi bod ar ei draed trwy'r nos bron, yn
siarad â hwn a'r llall, ac eto roedd fel pe bai'n llawn egni o
hyd ac yn ysu am ddechrau symud. Roedd golwg wahanol
iawn ar Rhys ap Tewdwr a oedd yn edrych yr un mor
flinedig â'r diwrnod cynt. Druan â Rhys, roedd wedi bod yn

brwydro â'i elynion ers misoedd ac yn ddiweddar yn gorfod derbyn lloches yn yr eglwys gadeiriol yn Nhyddewi. Angen gorffwys oedd arno, ond roedd yntau hefyd yn awyddus i achub ar y cyfle i roi crasfa go-iawn i Trahaearn a'r lleill.

"Bydd yn rhaid i ni ymdeithio am ddiwrnod," atebodd Rhys. "A gwersylla'n gynnar er mwyn bod ar ein gore ar gyfer y frwydr bore fory."

Ddywedodd Gruffudd ddim byd. Dim ond sbarduno'i geffyl gan garlamu i ffwrdd i siarad â rhai o uchelwyr Môn a oedd wedi hwylio draw o Iwerddon yn ei gwmni.

"Ai fel 'na ma' fe drwy'r amser?" gofynnodd Rhys i Meurig Goesfain.

"Drwy'r amser. 'Sdim stop arno fe," cadarnhaodd Meurig.

A dyma'r ddau frenin a'u lluoedd yn dechrau ar eu hymdaith i Fynydd Carn. Roedd yn ddiwrnod clir, heb gwmwl yn yr awyr bron ac eto heb fod yn rhy boeth chwaith gydag awel ddymunol yn chwythu o'r de-orllewin.

Roedd pawb mewn hwyliau da ac yn teimlo bod pethau o'u plaid, yn enwedig ar ôl derbyn y ffasiwn groeso yn Nhyddewi. Roedd brwdfrydedd Gruffudd yn heintus wrth iddo garlamu ar gefn ei geffyl i fyny ac i lawr y llinell hir o ddynion, yn ôl ac ymlaen drwy'r dydd, yn annog y gwahanol garfanau yn eu hieithoedd amrywiol – Norseg, Gwyddeleg a Chymraeg.

Wrth i'r cysgodion ddechrau ymestyn, arhosodd y fyddin i orffwys ar lan afon fechan mewn coedlan o goed gwern a helyg. Bob hyn a hyn deuai sgowtiaid yn ôl o wahanol gyfeiriadau gydag adroddiadau ar hynt a helynt lluoedd Trahaearn. Erbyn hyn roedd yn amlwg eu bod wedi clywed am y golofn hir o ddynion a cheffylau yn symud o Dyddewi a'u bod hwythau hefyd yn barod i frwydro. Yn ôl y sgowtiaid roeddent wedi aros yr ochr draw i godiad yn y tir ychydig o'u blaenau ac yn amlwg yn mynd i noswylio gan ymbaratoi ar gyfer brwydr fawr fore trannoeth.

"Ardderchog," meddai Rhys. "Gadewch i ni ohirio'r frwydr am heddiw achos mae'n dechre nosi a bydd pawb yn elwa o ga'l gorffwys."

Ffrwydrodd Gruffudd.

"Mi gei di ohirio'r frwydr os wyt ti eisiau," bloeddiodd dan deimlad mawr. "Mi fydda i a'm lluoedd yn rhuthro arnyn nhw dan olau'r lleuad. Mae lleuad lawn heno. Mae'n gyfle heb ei ail. Dal dy elynion yn annisgwyl, dyna'r gamp. Gwneud yr hyn maen nhw'n ei weld fel y peth lleia tebygol y byddwch chi'n ei wneud. Does neb yn disgwyl ymosodiad liw nos, nag oes? Bydd pob brwydr yn dod i ben cyn iddi nosi – mae pawb yn disgwyl hynny. Dyna sut mae hi fel arfer, ond trwy ymosod yn y nos mi fyddwn ni yn eu mysg cyn iddyn nhw sylweddoli be sy'n digwydd. Rhaid i ni ymosod heno – neu mi fydd y cythral yn dianc eto."

Roedd bron ag igian crio erbyn hyn. Edrychai pawb yn syn arno. Doedd neb yn meiddio mynd yn groes iddo. Roedd gwŷr y Deheubarth yn dechrau amau a oedd Brenin Gwynedd yn ei iawn bwyll wedi'r cwbl.

Ond roedd ei ddynion ei hun yn ei nabod ac yn gyfarwydd â'i ffordd. Roeddent hefyd yn ymddiried yn ei ddawn fel cadfridog ac felly dyma nhw'n dechrau ymbaratoi i fynd i'r gad dan olau'r lleuad yn unol â'i orchymyn.

Trwy ymosod yn y tywyllwch byddai'r Llychlynwyr i gyd yn gallu defnyddio'u bwyeill deufin. Oherwydd bod yn rhaid defnyddio'r ddwy law wrth drin y fwyell frawychus yma, roedd hyn yn golygu nad oedd unrhyw fodd i'r milwyr eu hamddiffyn eu hunain. Am y rheswm yma, fel arfer, byddai llinell o filwyr a chleddyfau a tharianau'n mynd o flaen dynion y bwyeill. Y gobaith heno oedd na fyddai'r gelyn yn barod ac felly byddai'r Daniaid yn gallu defnyddio'r arfau ofnadwy yma o'r cychwyn cyntaf.

Yr un mor arswydus eu golwg oedd y Gwyddelod â'u gwaywffyn a'u pastynau-pêl-bigog a allai falurio unrhyw helm a phenglog fel plisgyn wy. Roedd cant chwe deg o ddynion ffyddlon Gwynedd, pob un â'u cleddyf a tharian fechan gron o bren wedi'i gorchuddio â lledr.

Gwyddai Rhys ap Tewdwr nad oedd dewis ond iddo yntau a tua phum cant o wŷr y Deheubarth a'u gwaywffyn a chleddyfau ymuno â milwyr Gruffudd yn y frwydr y noson honno.

Roedd y lleuad yn llawn a'r wlad gyfan yn cael ei lliwio'n arian dan ei golau oer. Roedd sŵn bleiddiaid i'w glywed yn y coed wrth i'r dynion a'u ceffylau symud mor dawel ag y gallent ar draws y llethr gorsiog at wersyll Trahaearn. Dyma fyddin bwerus i'w hofni. Yn yr oes honno yng Nghymru roedd hon yn fyddin fawr.

Roedd yn amlwg bod y gelyn yn ffyddiog nad oedd yna fygythiad y byddai unrhyw ymosodiad yn digwydd cyn y bore. Roedd cochni'r tanau bychain i'w gweld yr holl ffordd o gwmpas terfynau'r gwersyll yn goleuo safleoedd y gwarchodwyr.

Ar ben y llethr roedd carn fawr o gerrig yn edrych yn llonydd ac yn llawn dirgelwch yn erbyn awyr lasddu y nos. O dan y garn hon gorweddai arwr o'r oesoedd a fu, Arthur, meddai rhai. Pan glywodd hyn, roedd Gruffudd wrth ei fodd.

"Ble gwell i ennill buddugoliaeth fawr dros ein gelynion," meddai wrth gusanu llafn ei gleddyf a ddisgleiriai yng ngolau'r lleuad. Gruffudd oedd ar flaen y gad ar gefn ei geffyl, yn llawn cymaint o arwr milwrol ag y bu Arthur erioed.

"Mae o fel llew," meddai Cyddelw ap Conus o Ynys Môn, arweinydd dynion Gwynedd, wrth Rhys ap Tewdwr cyn iddynt wahanu i arwain eu milwyr eu hunain. Ond ddywedodd Rhys ddim byd. Roedd o'n ofni'r gwaethaf.

Yn y diwedd, doedd dim sail i ofnau Rhys. Gweithiodd cynllun Gruffudd i'r dim. Llwyddodd ei ddynion i gyrraedd o fewn canllath i luoedd Trahaearn cyn i'r gwarchodwyr nos eu gweld, a phrin bod amser i neb ddeffro a rhoi'u harfau a'u harfwisg amdanynt yn iawn cyn bod milwyr Gruffudd yn eu mysg a bwyeill y Daniaid yn dechrau chwibanu trwy'r awyr.

Ymladdodd lluoedd y gelyn yn ddewr ond lladdwyd llawer ohonyn nhw yn y rhuthr cyntaf. Bu'n frwydr galed a chofiadwy. Roedd sŵn arfau'n taro yn erbyn ei gilydd, gweryru'r ceffylau a gweiddi a sgrechian y dynion i'w glywed o bell.

Tua'r un nifer o ddynion oedd ar y ddwy ochr, ond oherwydd eu tacteg annisgwyl, anarferol o ymosod yn y nos, buan iawn yr aeth byddin Gruffudd yn drech na Trahaearn a dechreuodd ei filwyr wegian o dan y pwysau.

Roedd Gruffudd yn ei chanol hi, ei gleddyf hir yn clwyfo neu'n cipio bywyd pawb a ddeuai i gysylltiad ag o. Drwy'r amser roedd yn chwilio am Trahaearn, ond roedd yn anodd gweld yn glir yng nghanol yr ymladd – hyd yn oed ar noson loergan fel hon.

Yn ogystal â'i awydd i gael gwared â dylanwad Trahaearn unwaith ac am byth er mwyn iddo gael llonydd i deyrnasu yng Ngwynedd, roedd yna reswm personol iawn am ei ddicter a'i ysbryd dialgar.

Chwe blynedd yn ôl fe gollodd Gruffudd un a fu'n annwyl iawn iddo mewn brwydr yn erbyn Talhaearn ym Mron yr Erw ger Clynnog yn Arfon. Bu bron i Gruffudd yntau gael ei ladd ac, ar y pryd, byddai wedi dewis marw yn hytrach na gorfod dioddef y poen o golli Cerit, ei dad maeth, yn y frwydr.

Roedd tad naturiol Gruffudd, Cynan ab Iago, i ffwrdd yn aml pan oedd Gruffudd yn fachgen, ac erbyn i'w fab gyrraedd ei ddeg oed roedd Cynan wedi cael ei ladd tra oedd yn brwydro am ei deyrnas yng Nghymru. Peth cyffredin yn Iwerddon oedd rhieni maeth ac roedd y clymau rhwng y rhieni maeth a'u plant yn rhai cryf iawn, yn aml yn gryfach na'r rhai rhwng rhieni go-iawn a'u plant. Roedd y cysylltiad yn para am oes a doedd dim syndod fod Cerit wedi mynnu ymuno â'r llu a aeth i Wynedd.

Roedd Gruffudd yn meddwl y byd o'i dad maeth ac yn ei garu'n angerddol. Roedd o wedi dysgu cymaint ganddo am ddysg a hanes Iwerddon, am geffylau a marchogaeth, am drin cleddyf a gwaywffon, am gant a mil o bethau – ac roedd meddwl sut na chafodd gyfle i ffarwelio ag o wrth ffoi am ei fywyd o faes y gad yn torri'i galon. Roedd wynebu'i fam faeth wedyn â'r newyddion ofnadwy yma ar ôl dychwelyd i Iwerddon hefyd wedi'i serio ar ei gof a'i galon am byth, a'r wybodaeth na fyddai Cerit yn cael ei gladdu'n barchus, ond fwy na thebyg y byddai'n pydru ar faes y gad, yn fwyd i'r cigfrain a'r bleiddiaid. Bu bron i'r cwbl fynd yn drech nag o, a meddyliodd am droi'n feudwy, yn ddyn crefyddol yn byw ar ei ben ei hun ymhell o'r byd a'i bethau.

Dyma pam bod Gruffudd fel dyn gorffwyll ym mrwydr Mynydd Carn, ond yn y pen draw nid ef a gafodd y pleser o ladd Trahaearn. Un o'r Gwyddelod fu'n gyfrifol am ei lorio yn y diwedd. Clywodd Gruffudd gyda boddhad mawr, yn nes ymlaen, sut yr oedd Trahaearn – ac yntau eisoes wedi'i glwyfo yn ei frest – wedi bod ar ei hyd yn y borfa, ac yn ymbalfalu'n ofer am ei arfau pan gyrhaeddodd y Gwyddel â'i waywffon.

"Ac mi sticiais i'r diawl fel hwch a'i droi'n facwn yn y fan a'r lle," meddai hwnnw'n falch i gyd.

Dyma Gruffudd yn ei guro ar ei gefn ac yn addo gwobr fawr iddo am ei wrhydri, ond roedd yn anodd iddo guddio'i siom nad y fo oedd wedi cael y pleser o ladd ei arch-elyn.

Roedd cymaint â phump ar hugain o brif farchogion Trahaearn wedi syrthio o'i gwmpas ac roedd y gweddill bellach ar ffo. Doedd Gruffudd ddim eisiau rhoi unrhyw gyfle iddynt ac aeth ei ddynion ar eu holau fel helgwn ar ôl pla o lygod mawr gan eu herlid trwy bob coedwig, cwm a chors am filltiroedd. Aeth yr helfa ymlaen trwy'r nos dan olau'r lleuad a ddaliai i edrych i lawr yn hollol ddidaro ar y lladdfa erchyll a oedd wedi digwydd oddi tani.

Yn dynn wrth eu sodlau bob cam, dilynai lluoedd

buddugoliaethus Gruffudd a Rhys weddillion byddinoedd Trahaearn dros y mynyddoedd, nid yn unig drwy'r noson honno ond trwy gydol y diwrnod canlynol gan eu lladd fesul un a dau lle bynnag y byddent yn dod o hyd iddynt. Llond dwrn yn unig a lwyddodd i ddianc yn ôl i'w gwlad eu hunain yn Arwystli – yr ardal sy'n gorwedd o gwmpas Caersws a Llanidloes ym Mhowys heddiw.

Doedd milwyr a marchogion Gruffudd heb gael cwsg ers y noson cynt, ond roedd eu llwyddiant ar faes y gad wedi rhoi rhyw nerth diflino iddynt a dim ond wrth i'r diwrnod ddod i ben y daeth diwedd ar yr helfa ddidrugaredd a chyfle i'r helwyr orffwys a chysgu.

Ond nid pawb oedd mor orfoleddus â Gruffudd a'i griw. Yn sicr, roedd Rhys ap Tewdwr ymhell o fod yn hapus. Doedd o ddim yn ymddiried yn Gruffudd. Er y gallai weld fod menter a dewrder brenin Gwynedd wedi talu ar eu canfed, a bod buddugoliaeth fawr wedi'i hennill a oedd yn rhoi cyfle iddo yntau ailafael yn nheyrnas y Deheubarth, roedd rhywbeth am Gruffudd yn aflonyddu arno'n fawr. Nid oedd ganddo unrhyw ffydd chwaith na fyddai'r Gwyddelod a'r Daniaid yn troi yn ei erbyn yn yr un ffordd ag y byddai'r gwynt yn newid ei gyfeiriad yng nghanol storom.

Yn dawel bach, casglodd ei ddynion at ei gilydd a phan aeth hi'n ddigon tywyll fel nad oedd modd eu gweld yn erbyn y llwyni, llithrodd dynion y Deheubarth i ffwrdd i'r nos. Roedd gan Rhys ap Tewdwr ei fusnes ei hun yn y Deheubarth ac, fel Gruffudd, doedd o chwaith ddim yn ei chael hi'n hawdd ymddiried yn neb erbyn hyn.

Does dim rhaid dweud bod Gruffudd wedi colli'i limpin yn lân pan glywodd beth oedd wedi digwydd.

"Mwy o frad! Ro'n i'n amau! Ro'n i'n amau'r hen Feurig Goesfain 'na o'r eiliad cynta. Y fo sydd y tu ôl i hyn i gyd . . ."

"Mae Meurig Goesfain wedi'i ladd yn y frwydr, f'Arglwydd," meddai Cynddelw wrtho'n dawel.

Ystyriodd Gruffudd am ychydig.

"Iawn," meddai o'r diwedd. "Cafodd farwolaeth anrhydeddus. Hedd i'w enaid, ond mae'n rhaid dinistrio popeth o eiddo'r lleill; unrhyw nwyddau, unrhyw geffylau, unrhyw dai yn yr ardal sy'n gefnogol i deulu Rhys – mae'n rhaid eu dinistrio'n llwyr. Rhaid iddo dalu pris am ei frad a'i ddiffyg teyrngarwch – a ninnau wedi tyngu llw ar esgyrn Dewi Sant ei hun!"

Distawodd a phlygu'i ben, ac ni ddywedodd neb yr un gair. O'r diwedd cododd ei ben eto.

"Ta waeth am fradwyr. Ymlaen â ni i Arwystli yfory – i'w dileu oddi ar wyneb y ddaear."

Daeth bonllefau o gymeradwyaeth gan y gwŷr o bob cenedl a safai o'i gwmpas. Doedd y gyflafan ddim drosodd eto.

7.

Y ffordd waedlyd yn ôl i Wynedd

Canai Gofi wrth ei waith. Rhywbeth anarferol iawn – a sŵn anarferol iawn roedd yn ei greu hefyd o ran hynny. Dim canu oedd o fel y cyfryw, ond rhyw fwmian dinodyn heb eiriau a hynny ers dechrau arni ar doriad y wawr! Ond doedd dim dwywaith amdani, roedd Gofi mewn hwyliau da ar ôl dychwelyd i Wynedd o'r diwedd.

Y bore hwnnw, yn lle cicio neu bwnio Idw yn ôl ei arfer os nad oedd yn gwneud ei waith yn ddigon cyflym, roedd Gofi'n chwerthin yn braf, yn cael hwyl ac yn curo'i gefn yn glên drwy'r adeg – triniaeth ddigon poenus gan ddyn mor gryf!

Roedd heddiw'n ddiwrnod arbennig, wrth gwrs ond, yn gyffredinol, wrth ei waith y byddai Gofi ar ei hapusaf yn hytrach nag ar unrhyw adeg arall. Dyma pryd y byddai'n mynd ati i ddweud ei storïau. Er bod Idw wedi'u clywed i gyd erbyn hyn, ar y dechrau roedd wrth ei fodd â'r holl chwedlau gwahanol – hanes y gof a wnaeth esgidiau rhy fach i'r diafol, hanes gofaint plasau brenhinoedd Persia, a'r hanes hyd syrffed am sut roedd Gofi wedi cael ei enwi'n Gofan ar ôl un o dri duw crefft Tuatha Dé Danaan – rhai o lwythau hynaf Iwerddon.

"Mae'r gof, yli di, yn hollbwysig yn hanes Finn a CuChulainn hefyd," meddai gan bwmpio'r fegin fawr o dan yr odyn lle'r oedd mwyn yr haearn yn pobi yng nghanol fflamau'r siarcol.

"Dewiniaid ydan ni'r gofaint – pob un ohonon ni – ac yn gallu gweld i'r dyfodol. Glywaist ti hanes Niall y Naw Gwystl a'i bedwar llysfrawd?"

"Do, Gofi," ochneidiodd Idw wrth gyrraedd safle'r odyn a llond ei freichiau o goed ar gyfer y cyflenwad siarcol. "Sawl gwaith, cofia," mentrodd ychydig yn flin.

Ond doedd dim troi'n ôl ar Gofi.

"Mi gafodd y brodyr eu hanfon at y gof – a oedd hefyd yn ddewin, wrth gwrs – ac yn gallu rhagweld y dyfodol. A dyma'r gof yn mynd â nhw i'r efail ac wedyn yn rhoi'r efail ar dân a nhwythau y tu mewn! Wel, fe redodd Niall allan gan gario'r eingion, ac wedyn daeth y pedwar bachgen arall gan gludo'r gyrdd, bwcedaid o gwrw, y fegin, blaenau'r gwaywffyn a sypyn o goed-achub-tân ag un brigyn gwyrdd yn ei ganol, ac o'r pethau hyn roedd y gof yn gallu rhagweld, yn gallu darogan, y dyfodol."

"Sut?" meddai Idw'n bwdlyd braidd.

"E . . . emm, wel . . . O, damia! Mae'n stori rhy hir. Brysia hefo'r coed 'na, wir Dduw, neu fydd 'na ddim digon o haearn gynnon ni at yr holl waith sydd yma."

Aeth Idw ati hefo'i fwyall i dorri'r coed. Oedd, mi roedd o'n falch o fod yn ôl yng Ngwynedd a rhywfaint o siawns y câi weld ei deulu cyn bo hir iawn – yn wir, doedden nhw ddim ymhell o enau afon Conwy erbyn hyn – ond roedd rhai o'r pethau roedd wedi'u gweld yn ystod y dyddiau diwethaf wedi llenwi'i galon ag arswyd ac yn dal i bwyso'n drwm arno fel diwrnod llwydaidd yn y gaeaf.

Ar ôl brwydr Mynydd Carn, roedd byddin Gruffudd wedi gwibio yn ei blaen i Arwystli lle y buont yn dial yn y modd mwyaf erchyll a chreulon ar drigolion yr ardal honno gan ladd y werin bobol a llosgi pob tŷ a thwlc ar y ffordd. Roeddent hyd yn oed wedi dinistrio'r eglwysi. Doedd dim sôn am drugaredd – hen ac ifainc, merched a dynion, fe'u lladdwyd i gyd.

Roedd oglau llosg yn drwch dros bob man, ac wrth

deithio gyda'r drol a oedd yn cludo'u holl offer, roedd Gofi
ac Idw a'r gofaint eraill – a deithiai ychydig y tu ôl i weddill
y fyddin – yn mynd heibio i'r naill bentref ar ôl y llall a oedd
wedi'u hanrheithio a'u llosgi, a chyrff pobl ac anifeiliaid ar
hyd ac ar led o gwmpas adfeilion myglyd y tai.

Wrth iddi ddechrau nosi dyma gwmni bach y gofaint yn
mynd ati i wersylla mewn gweirglodd eang wrth odre
cadwyn o fryniau twmpathog. Ar gopa un o'r bryniau hyn
safai olion hen gaer anghofiedig, yn atgof o'r brwydro
parhaus ers cenedlaethau dros y darn yma o'r wlad.

Newydd gyrraedd y llecyn hwn oedden nhw, ac wrthi'n
ymestyn eu coesau ac yn bwrw golwg dros y safle i weld a
oedd yn addas fel rhywle i aros dros nos, pan waeddodd
rhywun fod llinyn hir o filwyr yn dod o'r dwyrain ar hyd y
llwybr trol roeddent newydd deithio hyd-ddo.

Aeth ofn mawr trwy'r cwmni. Dim ond criw bach oedden
nhw, yn ofaint ac yn weision stabl yn unig – a rhai o'r
rheini'n fechgyn ifainc iawn. Cydiodd Gofi yn ei ordd
hirgoes a'i throelli'n wyllt uwch ei ben fel pe na bai ond
pwysau pluen ynddi.

"Os mai dynion Trahaearn sydd yno mi rown ni gyfri da
ohonon ni'n hunain," taranodd dros y lle.

Doedd Idw ddim mor siŵr. Chwiliodd am ei fwyell ond
roedd yn methu gweld lle'r oedd wedi'i gadael yn y gwyll.
Dim ots, mewn gwirionedd – rhyw degan o beth oedd hi ac
ni fyddai ganddo fawr o siawns yn erbyn arfau'r milwyr.

"Mae'n iawn. Dim milwyr ydyn nhw," meddai rhywun
arall. "Caethglud ydi o."

Ar hyd y llwybr, wedi'u cadwyno wrth ei gilydd, baglai
rhibidirês hir o ferched ifainc, gwragedd mewn oed a phlant.
Yn cydgerdded â'r trueiniaid hyn gan eu procio'n gas bob
hyn a hyn â choesau'u bwyeill deufin ac yn arthio arnynt yn
filain yn Norseg, roedd tua dwsin o Lychlynwyr gwyllt eu
golwg.

Gwyliai pawb heb ddweud yr un gair wrth i'r golofn

drist lusgo heibio iddynt. Prin i'r Llychlynwyr hyd yn oed edrych ar griw Gofi. Daliodd Idw lygaid un o'r merched wrth iddi fynd heibio. Roedd ei holl ofn ac anobaith i'w gweld yn y llygaid mawr tywyll hynny. Doedd dim byd y gallai Idw ei wneud i'w helpu er cymaint roedd y llygaid yn ymbil arno. Gostyngodd ei ben a theimlai ei goesau'n gwanio.

Rhaid bod tua chant a rhagor yn cael eu symud yn y gynffon druenus yma, cymerodd sawl munud iddynt fynd heibio a mwy fyth o amser iddynt ddiflannu o'r golwg. Cafodd siffrwd eu llefain tawel ei lyncu o'r diwedd yn nistawrwydd y bryniau.

"Mi ddylen ni fod wedi bachu ambell un – mae hi'n gafael heno, mae angen rhywbeth i gadw dyn yn gynnes ar noson felly, yn does?" gwaeddodd un o'r gofaint eraill gan dorri'r ias.

Dyma rai o'r dynion eraill a'r bechgyn yn chwerthin yn uchel ac yn gras – ond nid Idw – a doedd o ddim yn siŵr a oedd Gofi wedi ymuno yn yr hwyl ai peidio.

Y noson honno wrth geisio cysgu, daeth yr atgofion yn ôl yn llu. Yr holl bethau ofnadwy roedd wedi'u gweld yn ystod y cyfnod y bu'n gaethwas – yr ofn, y gamdriniaeth, yr anallu i wneud dim ond gweddïo – nid ei fod yn gwybod sut i weddïo'n iawn, dim ond gobeithio'n daer bod yna rywun yn rhywle a allai ei achub – ac wrth gwrs fe ddaeth yr hen Gofi heibio yn ateb i'w weddi i'w ryddhau o'i gaethiwed.

Roedd o'n methu â chael gwared â'r teimladau drwg yma dros y dyddiau nesa wrth iddynt groesi'r ffin yn ôl i Wynedd. Prin y gallai rannu llawenydd amlwg y lleill. Wrth gau'i lygaid gyda'r nos, clywai sŵn crio'r gwragedd a phlant yn ei glustiau a gallai weld unwaith eto lygaid y ferch ifanc o'i flaen, yn ymbil, ymbil ac yntau'n methu ei helpu.

Er mor llawen oedd Gofi wrth ei waith, gallai synhwyro bod yna rywbeth o'i le hefo Idw. Dros y blynyddoedd roedd Gofi wedi dod i nabod ei brentis yn dda iawn. Roedd Idw wedi profi ei hun i fod yn was ufudd a oedd yn dysgu'n gyflym ac eisoes yn dangos cryn ddawn yng nghrefft y gof. Er bod Gofi wedi ei ddwrdio i'r cymylau ambell waith – yn rhy aml o lawer – gwyddai'r hen of yn iawn na allai fod wedi gofyn am brentis gwell nag Idwal mab Ieuan y Cranciwr.

Tua dechrau'r prynhawn cymeron nhw hoe fach o'u gwaith dan gysgod derwen fechan gyda golygfa dros y dyffryn islaw tua'r môr yn y pellter. Roedd Gofi'n cnoi ar hen ddarn o fara wedi'i fwydo mewn cwrw. Dau ddant yn unig oedd ganddo ar ôl yn ei geg a'r rheini'n bur sigledig, felly roedd yn cymryd tipyn o amser ac ymdrech iddo orffen pob pryd o fwyd. Hen waith poenus oedd o hefyd. Yn y pen draw roedd y crystyn wedi mynd yn drech nag o. Dyma fo'n ei daflu i'w gi mawr du a orweddai dan y drol.

"Daria! Mi fydda i'n marw o newyn fel hyn, wsti!"

Ddaeth dim ymateb gan Idw. Eisteddai ychydig bellter oddi wrth Gofi gan edrych i gyfeiriad y môr.

"Be sy, 'machgen i? Dwyt ti heb fwyta dim byd. Wyt ti'n sâl, dwad?"

"Nac ydw," meddai Idw heb godi'i ben.

"Arswyd y byd! Be sy arnat ti? Mae croen dy din ar dy dalcen ers meityn rŵan. Be sy'n dy gorddi di? Neu a fydd yn rhaid imi guro pob gair ohonot ti?"

O'r diwedd, dyma Idw'n dechrau bwrw'i fol.

"Y bobol 'na y noson o'r blaen."

"Pa bobol?"

"Y merched a'r plant 'na."

"O, y rheina. Beth amdanyn nhw?"

"Caethion oedden nhw, yntê?"

"Ia wel, mae'n rhan o'r fargen, tydi?"

Swniai Gofi ychydig yn anghyfforddus.

"Pa fargen?"

"Y Llychlynwyr . . . a'r Gwyddelod . . . yn cytuno i helpu'r Arglwydd Gruffudd . . . eisiau caethweision sydd arnyn nhw. Mae prinder pobol i weithio yn Iwerddon. Dyna pam 'u bod nhw mor awyddus i ddod draw fan hyn i Gymru."

"Mae hynny'n ffiaidd!"

"Fel 'na mae pethau, 'ngwas i, fel 'na mae hi a fel 'na fydd hi."

"Ond pam na fyddai'r Arglwydd Gruffudd yn eu rhwystro nhw? Does dim caethweision yng Nghymru."

"Llai nag y bu erstalwm, falla. Mae'r Arglwydd Gruffudd wedi ceisio stopio'r estroniaid rhag lladd ac anrheithio a dwyn ein pobol i fod yn gaethweision, ond mi ddeudais wrthat ti be ddigwyddodd y tro diwetha iddo geisio bod yn stowt hefo nhw. A fedri di byth ddisgwyl iddyn nhw ymladd am ddim!"

"Fydd o'n ceisio'u stopio nhw y tro 'ma?"

"Wel, os na wnaiff o mi fydd pobol Gwynedd yn troi arno fo eto. Ond tasa fo'n llwyddo mi fasa 'na gannoedd o Lychlynwyr a Gwyddelod blin ar y naw o gwmpas y lle. Hen gylch seithug ydi o, mae arna i ofn, a does dim dianc rhagddo."

Ystyriodd Idw ac wedyn codi ar ei draed a dechrau cerdded i ffwrdd.

"Idwal! Ty'd yn ôl. Mae gen ti waith i'w wneud."

Weithiau, teimlai Idw ei fod yn rhyw fath o gaethwas beth bynnag. Gofi oedd yn penderfynu hynt ei fywyd. Roedd o'n gorfod ufuddhau i orchmynion ac ewyllys yr hen golbar piwis yma bob tro, heb sôn am ddioddef yr holl bwnio a chelpio a gwawd. Beth ddigwyddai pe bai'n dal i gerdded rŵan? Gallai redeg yn gynt na'r henwr erbyn hyn. Be wnâi Gofi hebddo? Gallai redeg adra i weld Gwenffrwd a Morwen. Mynd yn ôl at granca yn yr aber. Codi efail newydd yn y pentre wedyn. Roedd ei ddychymyg ar garlam.

"Idwal! Glywaist ti. Go damia chdi, hogyn! Be ti'n feddwl wyt ti'n 'i wneud?"

Roedd Idwal eisoes yn symud o'r golwg. Dechreuodd Gofi hercio ar ei ôl, ond buan y gwelodd nad oedd diben iddo geisio dal y llanc ifanc.

"Go damia! Idwa-a-a-a-l!"

O glywed yr holl weiddi, cododd ambell un o'r gofaint eraill ei ben.

"Ewch ar ei ôl o, y cnafon diog!" dwrdiodd Gofi. "Mae o'n 'i gleuo hi. Dewch ag o'n ôl ata i i mi roi chwip din go-iawn i'r cnonyn anniolchgar!"

Chwerthin oedd unig ymateb y lleill a oedd yn hen gyfarwydd â gweld Gofi'n myllio am rywbeth neu'i gilydd drwy'r adeg.

"Mi ddaw o'n ôl cyn swper. Mae gormod o feddwl o'i fol gan Idw i gadw draw yn hir," meddai'r dyn a safai agosaf at Gofi gan droi'n ôl at ei waith.

Gwyliodd yr hen of mewn rhwystredigaeth wrth i Idw ddiflannu i ganol coedwig a safai rhwng ymyl y dyffryn a'r traeth. Ysgydwodd ei ben yn drist a rhedeg ei fysedd trwy'i farf.

"Os bydd rhywbeth yn digwydd i ti, y trychfil bach, fydda i byth yn maddau i mi fy hun. Boed i'r holl dduwiau dy warchod, yr hogyn aur," meddai'n uchel dan deimlad cynyddol. Daria! Mae'r hogyn fel mab i mi, meddyliodd, gan eistedd ar foncyff a gadael i'r dagrau lifo.

8.

Brad a charchar

*Ac wrth iddo ddechrau mwynhau'i frenhiniaeth, dyma
Meirion Goch yn cael ei gynhyrfu gan un o saethau'r diafol
ei hun, ac aeth at Huw, barwn Caer i gwyno am Gruffudd
ac i'w fradychu fel a ganlyn . . .*

Hanes Gruffudd ap Cynan

Roedd Gruffudd mewn hwyliau da. Roedd ei wyneb yn wên
o glust i glust o fore gwyn tan nos y dyddiau hyn. Hyd yn
hyn roedd yn cael croeso mawr ym mhobman yng
Ngwynedd. Roedd uchelwyr yn dod o bob cwmwd i dalu
gwrogaeth iddo – i'w gydnabod yn frenin.

Y tro hwn, roedd yn ymddangos fel pe bai wedi llwyddo
i gadw'r Gwyddelod a'r Llychlynwyr rhag anrheithio i'r un
graddau â'r tro o'r blaen. Drwy roi rhwydd hynt iddynt yn
Arwystli i losgi, lladrata a lladd a hel caethweision fel y
mynnent, roedd ei gyfeillion estron wedyn yn fwy parod i
ymddwyn mewn modd a oedd yn fwy derbyniol i'r werin
a'r uchelwyr lleol tra oeddent yng Ngwynedd ei hun.

Ac eto roedd ganddo reswm arall i bryderu amdano
erbyn hyn – yr adroddiadau cynyddol a oedd yn ei gyrraedd
o bob cyfeiriad am y ffordd roedd y Normaniaid bellach yn
dechrau llifo i mewn i Wynedd o'r dwyrain ar hyd arfordir y
gogledd gan godi cestyll cadarn a hawlio tiroedd yr
uchelwyr lleol.

Bu rhai'n sôn wrtho am sut roedd Robert o Ruddlan yn
parhau i wthio tua'r gorllewin. Roedd o newydd godi castell

yn Neganwy. Erbyn hyn roedd yn ei alw'i hun yn Arglwydd Gwynedd ac yn talu gwrogaeth i frenin Lloegr yn unig.

Norman yn codi castell iddo'i hun ar safle hen gaer y Brenin Maelgwn, un o ddisgynyddion Cunedda Wledig a oedd wedi gyrru'r Gwyddelod o Wynedd bum cant o flynyddoedd ynghynt! Norman yn ei alw'i hun yn Arglwydd Gwynedd! Roedd y syniad yn dân ar groen Gruffudd a sawl un arall, ond doedd fawr ddim y gallai ei wneud ynghylch y sefyllfa am y tro.

Gallai weld strategaeth fawr Robert o Ruddlan a'i gefnder Huw Flaidd neu Huw Dew o Avranches, Iarll Caer – dau ddyn peryglus ar y naw – i oresgyn gogledd Cymru a'i hawlio fel rhan o deyrnas coron Lloegr. Sut roedd o'n mynd i atal y ffasiwn drosedd yn erbyn Gwynedd?

Erbyn hyn, roedd Gruffudd wedi dychwelyd i Ynys Môn, crud ei deyrnas hynafol. Ym 'Môn Mam Cymru' â'i holl gaeau ŷd ffrwythlon, roedd y gefnogaeth i Gruffudd ar ei chryfaf, ond doedd o ddim yn gallu bod mor siŵr am weddill y wlad. Daliai i gofio am frad pobl Llŷn chwe blynedd ynghynt. Heb gefnogaeth pob rhan o Wynedd, gwyddai'n iawn na fyddai'n gallu dal ei afael ar ei etifeddiaeth ac y byddai'n rhaid iddo ffoi unwaith eto'n ôl dros Fôr Iwerddon i Ddulyn.

Undod oedd yr unig nerth a allai drechu'r Normaniaid yn y pen draw ac roedd Gruffudd ymhell o fod yn sicr yn ei feddwl a fyddai'n bosib cael undod yng Ngwynedd.

Yn yr oes honno roedd Gwynedd yn ymestyn dros y rhan fwyaf o ogledd Cymru, ac wedi'i rhannu yng Ngwynedd Uwch Conwy i'r gorllewin o afon Conwy a Gwynedd Is Conwy i'r dwyrain o'r afon honno. Roedd dylanwad y Normaniaid yn Is Conwy'n cryfhau bob dydd, a gwyddai Gruffudd na fyddai'n hir cyn y byddent yn dechrau treiddio dros yr afon.

Roeddent eisoes wedi bod yn Llŷn a mannau eraill ar gyrch mawr dinistriol a oedd wedi gadael yr ardal honno'n ddiffeithwch am sawl blwyddyn. Efallai y byddai hyn yn golygu y gallai Gruffudd ddibynnu ychydig yn fwy ar uchelwyr y penrhyn erbyn hyn i'w gefnogi yn erbyn y Ffrancwyr.

"F'arglwydd," meddai llais yn annisgwyl wrth ei ymyl.

Dychrynodd Gruffudd, ei law'n saethu'n reddfol at garn ei gleddyf. Roedd wedi bod yn myfyrio am y canfed tro dros y sefyllfa ddyrys hon tra oedd yn cerdded yng ngardd berlysiau Aberffraw, prif blasty teulu brenhinol Gwynedd ar Ynys Môn. Roedd yr ardd fach hon yn un o'i hoff lecynnau yn y byd, rhywle y gallai gael llonydd a chyfle i grisialu'i feddwl. Mor ddwfn oedd ei fyfyrdod fel nad oedd o wedi clywed ei raglaw – un o swyddogion y llys – yn cyrraedd.

"Be sy'n bod?"

"Mae Meirion Goch ap Merwydd o Lŷn yn awyddus i siarad â thi."

Dyma dro rhyfedd ar fyd. Doedd yna fawr o Gymraeg wedi bod rhwng Gruffudd ac arweinwyr Llŷn ers ei gyrch cyntaf i Wynedd ym 1075.

Yr adeg honno roedd Merwydd wedi ochri â Gruffudd ar y dechrau gan ymosod ar Cynwrig ap Rhiwallon, un o'r cnafon oedd wedi dod yn sgil Trahaearn i'w lordio hi dros bobl yr ardal. Gyda chymorth Gruffudd, roedd Merwydd wedi trechu Cynwrig ac wedi mynd ati i adfer statws ei dri mab – Meirion Goch yn eu plith.

Ond ar ôl y brad yn Llŷn a brwydr drychinebus Bron yr Erw, go brin y gallai Gruffudd ddisgwyl cymorth parod o'r rhan honno o'r wlad; yn wir, ar ôl colli'i dad maeth a llawer o'i ffrindiau pennaf ger Clynnog, doedd o ddim yn rhy awyddus i glosio'n ormodol at wŷr Llŷn chwaith – er y byddai'n rhaid iddo yn y pen draw.

Fel mae'i enw'n awgrymu, cochyn oedd Meirion Goch. Meddyliodd Gruffudd yn syth am Meurig Goesfain yn y Deheubarth. A'n gwaredo rhag y cochion yma, meddyliodd. Rhai digon anwadal ydyn nhw. Wedyn, cofiodd fod llawer o'i wŷr gorau ymhlith y Llychlynwyr â gwallt coch, felly efallai nad oedd lle i'r ffasiwn ragfarn.

"Henffych, Meirion Goch," croesawodd Gruffudd y dyn o Lŷn yn ddiffuant.

"Henffych, Gruffudd ap Cynan, Brenin Gwynedd," meddai Meirion, gan fynd i lawr ar un ben-glin.

Edrychai Gruffudd arno'n amheus. Beth oedd hwn eisiau mewn gwirionedd? Neu efallai bod arweinwyr Llŷn bellach yn fodlon ei gydnabod yn frenin ar Wynedd wedi'r cwbl.

"Beth yw dy gennad di, Meirion Goch ap Merwydd?" gofynnodd gan arwyddo ar Meirion i godi ar ei draed.

"Dod â gwahoddiad ydw i gan Huw Avranches o Gaer ac amryw o'i gyd-farwniaid. Gwahoddiad i ti a dy filwyr gyfarfod â nhw i drafod yn y Rug yn Edeirnion."

"Trafod? Trafod beth?"

Er ei amheuon, roedd gan Gruffudd ddiddordeb yn syth. Byddai trafod yn gallu ennill amser iddo gryfhau'i sefyllfa trwy'r wlad.

"F'arglwydd, mae'r barwniaid Normanaidd yn ddynion balch a phwerus ac maen nhw'n cydnabod dy fod tithau hefyd yn frenin nerthol a balch sy'n haeddu cael ei drin â'r parch priodol. Maen nhw'n awyddus i osgoi rhyfela a'r holl ddioddefaint sy'n dod yn ei sgil ac yn erfyn arnat ti i ymuno â nhw mewn trafodaethau gwâr."

Ystyriodd Gruffudd, gan gamu ar hyd y llwybrau cul rhwng y perlysiau. Doedd o ddim yn rhoi fawr o goel ar eiriau teg Meirion Goch, ond eto, fel y gwyddai o brofiad, roedd y Normaniaid yn ddigon parod i daro bargen – er eu budd eu hunain bob tro, wrth gwrs.

"Meirion Goch, sut y galla i fod yn siŵr nad fy arwain i ryw fagl bengaead wyt ti a'r . . . boneddigion Normanaidd yma?"

"Mi gei di ddod â dy holl hurfilwyr gyda thi os wyt ti'n dymuno, f'Arglwydd – y Norsmyn a'r Gwyddelod. Mi fyddi di'n teimlo'n ddigon diogel wedyn, siawns."

Craffai Gruffudd ar wyneb y dyn arall. Oedd 'na ryw awgrym o watwar yn y llais fan'na, tybed? Ond doedd llygaid mawr brown Meirion ddim yn datgelu dim. Daliai i wenu'n deg, ac ar y funud honno, roedd Gruffudd yn fwy amheus ohono nag erioed.

Ychydig ddyddiau'n ddiweddarach, dyma Gruffudd a deucant o'i wŷr gorau'n bustachu yn syth i'r fagl a oedd wedi'i pharatoi ar eu cyfer gan ddynion y Mers – y tiroedd ar hyd y ffin â Loegr lle'r oedd Normaniaid pwerus wedi ymsefydlu mewn trefi megis Caer, Amwythig, Croesoswallt a Henffordd. Dynion â'u bryd ar gipio cymaint o dir a grym ag y gallent i'r gorllewin yn ogystal â diogelu'r hyn oedd ganddynt eisoes hyd eithaf eu gallu. Dynion cyfrwys oedd y rhain, yn hen lawiau ar ymladd brwydrau ar y ffin yn ôl yn Normandi. Roedden nhw'n ryfelwyr caled, medrus a mentrus.

Oedd, roedd Gruffudd wedi llyncu'r abwyd os nad y bachyn hefyd. Bu'n ystyried yn hir ac yn ofalus y posibilrwydd mai ystryw oedd hon i'w ddal neu i'w ladd. Roedd wedi ymgynghori â'i ddynion a chael bod eu barn yr un mor rhanedig â'i feddwl yntau, ond gwyddai y byddai'n rhaid iddo drafod â'r Normaniaid yn hwyr neu'n hwyrach, ac oherwydd nad oedd ei sefyllfa'n un gref, teimlai fod y cyfle i drafod yn rhoi cyfle hefyd iddo fagu nerth. A beth bynnag, roedd mynd â deucant o'i filwyr gorau'n siŵr o beri i'r Normaniaid feddwl dwywaith am greu helynt.

Yn anffodus, roedd y Normaniaid wedi dod â lluoedd llawer iawn cryfach a mwy pwrpasol na'r deucant o wŷr troed a oedd yng nghwmni Gruffudd, a thrwy symud yn gyflym ar eu ceffylau roeddent wedi llwyddo i'w rhannu bron heb iddynt sylweddoli hynny. Erbyn i Gruffudd gyrraedd y Rug roedd o fwy neu lai ar ei ben ei hun ond heb weld eto y perygl oedd yn ei wynebu.

Gwelai ddyn o'i flaen roedd yn ei nabod yn dda – Robert

o Ruddlan. Wrth ei ochr safai cawr mawr tew o farchog a golwg ciaidd arno. Dyma Huw Flaidd yn ddi-os, meddyliodd. Roedd yna rai eraill nad oedd yn eu nabod. Yn sydyn, daeth yn ymwybodol bod nifer fawr o farchogion a milwyr Normanaidd o'i gwmpas ac yn gwasgu amdano. Edrychai i bob cyfeiriad. Doedd dim sôn am weddill ei ddynion. Dim ond y marchogion trwm ar eu ceffylau mawr a'u tarianau siâp barcut yn cau amdano o bob tu oedd i'w gweld bellach.

Ffrwynodd Gruffudd ei geffyl. Roedd y garfan fechan o ddynion oedd yn marchogaeth yn ei gwmni hefyd yn dechrau anesmwytho. Dyma Eoghan MacRuairi, un o'i ddynion ffyddlonaf ymysg y Gwyddelod, yn closio ato gan ddweud mewn islais yn yr Wyddeleg:

"F'arglwydd, rydan ni wedi'n twyllo. Fedra i ddim gweld fy nynion."

"Meirion Goch, y bradwr bach budur!" sgyrnygodd Gruffudd.

Roedd Huw Flaidd a Robert o Ruddlan yn cerdded tuag atynt.

"I lawr oddi ar y ceffyl 'na!" arthiodd Huw Flaidd yn ei lais mawr cras, llais a godai ofn ar y dyn dewraf.

"Nid fel 'na mae cyfarch Gruffudd ap Cynan ab Iago ab Idwal, Brenin Holl Wynedd . . ." dechreuodd Cynddelw ap Conus.

"Taw, y taeog!" torrodd Huw ar ei draws yn Ffrangeg.

Dyma Cynddelw a'r lleill yn cythru am eu cleddyfau. Yn syth ymrannodd y marchogion gan ddatgelu rhes hir o ddynion bwa bach, pob un â saeth yn anelu'n syth at Gruffudd a'i griw.

"Gan dy fod yn honni bod yn frenin, mae'n siŵr dy fod yn ddigon doeth i weld nad oes diben i ti na dy ffrindiau strancio. Un gair gen i a byddwch chi i gyd yn gelain, dalltwch!"

Gollyngodd y dynion eu gafael ar eu cleddyfau. Yn syth

roedd haid o farchogion o'u cwmpas yn eu gorfodi i ddod oddi ar eu ceffylau ac yn mynd â'u harfau oddi arnynt. Rhwymwyd eu dwylo y tu ôl i'w cefnau a'u gorfodi i fynd ar eu pennau gliniau o flaen y Normaniaid.

O bell daeth sŵn sgrechian o'r coed. Edrychodd dynion Gruffudd ar ei gilydd.

"Be gebyst ydi'r sŵn 'na?" gofynnodd Cynddelw.

"Mae pobol wedi blino ar gampau dy ffrindiau diarth. Rydan ni eisiau gwneud yn siŵr na fyddan nhw'n ein poeni ni rhagor," atebodd Robert o Ruddlan.

Roedd y sgrechian a gweiddi yn llenwi'r coed y tu ôl iddynt.

"Be wyt ti'n 'i wneud iddyn nhw, yn enw'r Duw Trugarog?" bloeddiodd Gruffudd yn tynnu'n ofer yn erbyn y rhaffau a oedd yn ei rwymo.

"Yn torri bawd llaw dde pob un ohonyn nhw i ffwrdd, fel na fyddan nhw'n gallu trin cleddyf na thynnu bwa byth eto," meddai Robert o Ruddlan yn ei lais canu grwndi.

"Mi wnei di dalu am hyn â dy fywyd, y bawgi!" gwaeddodd Gruffudd.

Chwerthin wnaeth Robert a'r lleill.

"I Gaer â fo! Mi gaiff y brenin bach rhyw hoe fach i feddwl ac i ddifaru am ei gamgymeriadau a'i hyfdra yn un o 'nghelloedd dyfna yn y fan honno. Mi gaiff y lleill fynd yn rhydd – ar ôl setlo'u bodiau," meddai Huw gan droi'i gefn arnynt. Gwthiwyd Gruffudd yn ddiseremoni a heb gyfle i ffarwelio â'i ffrindiau i drol agored llawn tail a budreddi.

Yn ôl yn y coed byddai'r gwaith o dorri bodiau'n mynd ymlaen am sawl awr eto.

9.

Carchar am oes

*. . . A phan welodd yr ieirll Normanaidd Gruffudd, daliasant
ef a'r rhai oedd gydag ef a'i roi yn y ddalfa waethaf yng
ngharchar Caer gyda chadwyni am ei draed a'i ddwylo . . .*

Hanes Gruffudd ap Cynan

Does neb yn siŵr am faint o amser y bu Gruffudd yn
garcharor yng nghastell Caer. Yn sicr, roedd ef ei hun wedi
hen golli cyfri ar dreigl y blynyddoedd anodd a dreuliodd
yno.

Y rhan fwyaf o'r amser roedd yn cael ei gadw mewn cell
oer, dywyll a llaith gyda chyffion am ei draed a'i ddwylo.
Bob yn ail ddiwrnod byddai rhywun yn gwthio rhyw
sborion ffiaidd i mewn i'r gell yn fwyd iddo ynghyd ag
ychydig ddŵr a oedd weithiau mor hallt – wedi'i godi'n syth
o ddyfroedd llanw afon Dyfrdwy – nad oedd modd iddo ei
yfed.

Am fisoedd ni welodd yr un dyn byw. Dirywiodd ei
iechyd, pylodd ei nerth ac ar adegau gorweddai fel dyn wedi
marw, yn sâl yn gorfforol a'i ysbryd wedi'i dorri. Dim ond
geiriau Tangwystl oedd yn ei gadw'n ei iawn bwyll:

"Mi fyddi di'n frenin . . . a bydd dy deyrnas yn
heddychlon ac yn ffyniannus."

Weithiau, yn ei dwymyn, byddai'n breuddwydio bod y
broffwydes yno hefo fo yn y gell, ac yn cynnig llond cawg o
ddiod lesol iddo wedi'i pharatoi o lysiau rhinweddol

coedwigoedd Eryri.

"Yfa hon," sibrydai Tangwystl yn ei llais melfedaidd dwfn, "a bydd dy ysbryd a dy gorff yn holliach unwaith eto."

Byddai'n cymryd y gwpan o'i llaw fodrwyog. Edrychai ar ei chynnwys. Roedd y trwyth ynddi'n ddi-liw, dryloyw, a gallai glywed oglau'r rhos a'r mynydd, ogleuon rhyddid, yn codi ohoni.

Yn sydyn, byddai rhyw heulwen lachar fel pe bai'n ffrwydro ar wyneb yr hylif a byddai'n gweld teyrnas Gwynedd yn ymestyn o'i flaen ac yntau'n edrych i lawr arni fel un o eryrod Eryri'n troelli'n araf yn yr awyr. Gallai weld y mynyddoedd yn eu holl gadernid, y cymoedd a dyffrynnoedd cysgodol a chaeau ŷd Môn yn tonni'n bendrwm. Gwelai longau masnach yn tyrru i'r porthladdoedd o bedwar ban ac roedd golwg gymen ar bob pentref, a'r llethrau a llawr gwlad yn frith o eglwysi bach gwyngalchog.

Plygai yn ei flaen i gymryd cegaid o'r ddiod ryfeddol yma, ond cyn i'w wefusau gyffwrdd ag o, deuai sgrech annaearol a byddai'r weledigaeth hyfryd yn diflannu. Yn lle'r deyrnas lewyrchus a heddychlon, troai'r hylif yn lliw gwaed a chlywai Gruffudd oglau mwg a sŵn brwydro a llosgi a gweiddi a llefain mawr. Ymhob man gwelai gestyll, cestyll Normanaidd, yn codi'n uchel i'r awyr, yn bwrw eu cysgod oer dros bob man, yn gwgu i lawr ar y bobl yn y wlad o'u cwmpas.

Wedyn, newidiai'r llun unwaith eto ac fe ddaliai gipolwg arno fo'i hun, yn fudr flêr, yn hagr, ei lygaid mawr a arferai fod mor drawiadol wedi suddo'n ôl i'w benglog; ei farf daclus yn wrych strim-stram-strellach at ei ganol.

Mewn braw a diflastod byddai'n hyrddio'r cawg oddi wrtho a dyna Tangwystl yn diflannu, a dim sôn am na chawg na diod, ac fe'i câi ei hun yn ôl yn y gell ar ei ben ei hun yn y tywyllwch dudew, digalon.

Bob hyn a hyn, byddai'n cael ei ddwyn gerbron Huw Flaidd fel rhyw fath o adloniant i'w ffrindiau, ei gydfarwniaid yn y Mers, i'w wawdio a'i bryfocio.

"Ein heiddo ni yw coron Gwynedd bellach, Gruffudd ap Cynan. Y ni sy'n rheoli o Gaergybi i Gaer."

Weithiau, byddai Gruffudd yn ceisio'u herio.

"Y fi, Gruffudd ap Cynan ab Iago ab Idwal, ydi gwir Frenin Gwynedd."

Chwarddai Huw a'r lleill o'i hochr hi.

"Brenin? Wela i'r un brenin fan hyn. Yr unig beth wela i ydi chwilen faw o waelod y domen dail. Edrycha arnat ti dy hun, Gymro. Golwg gwallgofddyn sydd arnat ti. Fyddi di fyth yn frenin."

"Daw fy mhobol . . ."

"Dy bobol? Gwyddelod a Llychlynwyr? Carthion Dulyn a sgym Môr Iwerddon? Maen nhw wedi colli diddordeb ynot ti ers amser. Dydi Cymru ddim yn bwysig iddyn nhw erbyn hyn achos, o dan lywodraeth Normanaidd, mae caethwasiaeth wedi'i wahardd yn llwyr yn unol â gorchymyn Eglwys Rufain. Mae pobol Cymry'n rhydd o orthrwm y Gwyddelod a'r Daniaid am byth."

"Caethweision fydd pawb o dan eich rheolaeth chi."

Cymylodd wyneb Huw Flaidd.

"Mi wyt ti'n lwcus na chest ti dy ladd yn y fan a'r lle yn ôl yn y Rug. Roedd gynnon ni bob cyfiawnhad dros wneud hynny a thithau'n ceisio hawlio'r hyn sy'n eiddo i frenin Lloegr. Ond trugarog ydyn ni, dydyn ni ddim yn lladd ein carcharorion fel y bydd y Cymry'n ei wneud. Na, rydyn ni'n eu cadw nhw'n fyw am weddill eu hoes – gan roi cyfle iddyn nhw edifarhau am eu pechodau cyn wynebu'r Hollalluog ar ddiwedd eu dyddiau."

Wedyn, byddai'r barwniaid yn colli diddordeb yn y truan drewllyd, carpiog ar ei bennau gliniau o'u blaenau, a byddai Gruffudd yn cael ei lusgo'n ôl i'w gell a'i adael eto'n sypyn toredig yn y tywyllwch.

Un tro, daeth Robert o Ruddlan i'w gell. Safai uwch ei ben.

"Paid â chodi, Gruffudd. Mae'n fwy addas i ti fod wrth fy nhraed fel 'na."

Yna, newidiodd ei gywair yn llwyr. Amneidiodd ar y gwarchodwyr a dyma nhw'n gosod hambwrdd yn cynnwys pob math o ddanteithion a bwydydd maethlon o'i flaen.

"Cei di fwyta dy wala."

Petrusodd Gruffudd am eiliad, gwyddai'n iawn fod rhyw dwyll y tu ôl i hyn i gyd, ond aeth ei newyn yn drech na'i urddas a dyma fo'n llamu at yr hambwrdd gan dyrchu iddo fel ci.

"Yli, Gruffudd," rhesymodd Robert o Ruddlan ar ôl ei wylio am sbel, gan fynd yn ei gwrcwd wrth ei ymyl, "does dim rhaid i ti fod yn y sefyllfa yma. Ryden ni wedi cydweithio yn y gorffennol, yn do? Gallwn ni gydweithio eto – ti a fi. Rwyt ti'n arweinydd cryf a dewr, a gyda'n gilydd, wel pwy a ŵyr be allen ni ei gyflawni. Y cwbl sy raid i ti ei wneud ydi cydnabod brenin Lloegr yn frenin ar Wynedd ac mi gei di fyw ar ben dy ddigon yn bwyta'r cig gorau am weddill dy oes yn lle pydru i farwolaeth yn fan hyn. Bydd gall, bydd gyfrwys, achos marw fyddi di fel arall."

Stopiodd Gruffudd gnoi ar ddarn o gig carw yn ei law gan edrych ar y Norman yn cyrcydu wrth ei ochr. Yn araf deg, lledodd gwên ar draws ei wyneb ac estynnodd ei law at Robert. Chwarddodd hwnnw'n rhadlon a chydio yn llaw esgyrnog Gruffudd. Dau ddyn yn deall ei gilydd i'r dim.

Y peth nesaf, roedd y Norman ar ei hyd yng nghanol y bwyd a budreddi'r gell a Gruffudd yn ymosod arno'n ffyrnig, yn cicio, yn brathu, yn ei ddyrnu'n wyllt. Roedd Robert yn methu codi a gwaeddai'n groch am help gan y gwarchodwyr.

Ar ôl i Gruffudd gael ei dynnu oddi arno, rhuthrodd Robert o'r gell heb yngan yr un gair gan adael Gruffudd i gael ei guro'n ddidrugaredd gan y ddau warchodwr.

Roedd y bwyd ar chwâl dros y llawr, ac er gwaethaf ei anafiadau poenus yn sgil y cweir a gafodd gan y Ffrancwyr, o leiaf llwyddodd Gruffudd trwy gropian ac ymbalfalu yn y tywyllwch i gael hyd i ambell sgrepyn mwy blasus na'i gilydd i gnoi arno am ddiwrnod neu ddau cyn i'r llygod mawr ddod allan a llarpio'r gweddill.

Am fisoedd lawer ni wyddai hanes y tymhorau. Roedd hi bob amser yn rhewllyd o oer i lawr yn y gell, a phrin y gallai ddweud y gwahaniaeth rhwng nos a dydd.

Yn annisgwyl un bore, dyma'i warchodwyr yn ei lusgo o'i gell ac yn mynd ag ef i ganol tre Caer a'i glymu fel ci wrth bostyn mawr yn sgwâr y dre. Yn y fan honno, byddai pobl o bob cwr a ddeuai i'r marchnadoedd yn cael cyfle i daflu tyweirch a phethau gwaeth at y 'brenin' Cymreig honedig yma.

Roedd un peth yn glir. Mae'n rhaid bod y Normaniaid yn ei gadw'n fyw am reswm – neu marw fyddai'i hanes ers amser maith. Am un peth roedd yn ddigon posibl y byddai ei ladd yn sbarduno helyntion mawr ar draws gogledd Cymru; yn amlwg roeddent yn dal i obeithio y byddai ysbryd Gruffudd yn torri ac y byddai'n fodlon bod yn was bach fyddai'n eu cynorthwyo wrth sathru ar Wynedd a'i chadw'n ufudd i frenin Lloegr.

O sylweddoli hyn, cafodd hyd i ychydig ragor o nerth i gadw'n fyw o dan yr amodau ofnadwy yng ngharchar Huw Flaidd, ond digon isel oedd y fflam yn aml iawn.

Yn hwyr rhyw brynhawn arbennig o oer a diflas ar ddiwedd y gaeaf, a gwynt y dwyrain – gwynt traed y meirw – fel rasel ar draws gwastatir Swydd Gaer, crynai Gruffudd yn yr oerni wrth y postyn ar y sgwâr. Doedd fawr neb o gwmpas y prynhawn hwnnw, a'r tywydd rhynllyd yn peri i bawb ei throi hi'n fuan i swatio os gallent. Roedd ei warchodwr wedi hen symud i ffwrdd i brynu diod yn y dafarn rownd y gongl, a miri a chynhesrwydd y lle'n amlwg yn ei gadw yno.

Y peth cyntaf a wyddai Gruffudd oedd clywed llais tawel y tu ôl iddo'n lled sibrwd yn ei glust.

"Arglwydd, mae awr dy ryddid wedi dod. Rhaid i ti ymddiried ynof i."

Roedd rhywun yn torri'r rhaffau a'i daliai wrth y postyn. Yn sydyn roedd sach yn cael ei thynnu dros ei ben. Dechreuodd Gruffudd strancio a gweiddi.

"Hysst, Arglwydd! Paid â symud yr un ewin rˇan. Ymlacia a gorwedda'n llonydd."

Distawodd Gruffudd. Clywodd sŵn carnau ceffyl ac olwynion trol ac fe'i teimlai'i hun yn cael ei osod ar lawr y drol. Dros ei ben rhoddwyd pentwr o grwyn defaid drewllyd a bu bron iddo gyfogi gan mor gryf oedd yr oglau. Ar ôl newynu cyhyd roedd ei gorff bellach yn esgyrnog iawn ac roedd gorwedd yn llonydd heb unrhyw fraster rhyngddo ag ystyllod y drol yn artaith.

Am yn hir doedd dim byd yn digwydd, a chafodd ei demtio i weiddi. Ai tric dieflig arall ar ran Huw neu Robert oedd hwn? Os mai ffrindiau oedd yno, byddai'n rhaid iddynt frysio neu byddai'r gwarchodwr yn ei ôl. Ond erbyn hyn roedd y gwarchodwr yn cysgu fel baban yn y dafarn, wedi'i hudo yno gan lodes lygaid gloyw â gwên ddireidus a oedd wedi tywallt cyffur cryf iawn – a baratowyd gan neb llai na Tangwystl ei hun – i gwrw'r Norman.

Dyna sŵn traed yn rhedeg at y drol a theimlodd Gruffudd rywun yn cymryd ei le yn sedd y gyrrwr. Ac i ffwrdd â nhw. Roedd pob eiliad o'r daith yn artaith i Gruffudd druan wrth i'r drol hercio ar hyd strydoedd rhychiog Caer tuag at y porth mawr.

Roeddent yn arafu eto a gallai glywed lleisiau Ffrangeg, Saesneg a Chymraeg o'i gwmpas. Ac yna, roedd y lleisiau'n pellhau. Neb o'r milwyr â'r awydd na'r amynedd yn y gyda'r nos aeafol i edrych o dan bentwr o grwyn drewllyd.

Teithiasant am sbel â'r rhychau yn y lonydd yn mynd o ddrwg i waeth a Gruffudd yn brathu ar ei wefus at waed er mwyn peidio â gweiddi. Ar ôl yr hyn a deimlai fel tragwyddoldeb, dyma'r drol yn stopio a'r crwyn yn cael eu tynnu'n ôl. Agorwyd ceg y sach a bu dwylo tyner yn helpu i'w thynnu oddi amdano a gosododd rhywun glogyn trwm dros ei ysgwyddau.

Tynnodd Gruffudd y clogyn yn dynn amdano, gan gladdu'i wyneb yn y ffwr trwchus. Bu bron iddo ddechrau crio wrth deimlo moethusrwydd y defnydd cynnes amdano. Cododd ei ben a llenwi'i ffroenau ag awyr iasol y nos.

Trodd at y ffigwr a safai wrth ei ochr yn y tywyllwch.

"Pwy wyt ti, yn enw dyn?"

"F'arglwydd, Cynwrig Hir o Edeirnion ydw i – at dy wasanaeth tra byddaf."

Caeodd Gruffudd ei lygaid. Roedd blinder yn golchi drosto mewn ton fawr nad oedd modd nad oedd yn rhaid iddo'i gwrthsefyll bellach.

Llewygodd, ond roedd dwylo cyfeillion yno ar bob ochr i'w ddal.

10.

Ar ffo unwaith eto

. . . ac yn Ardudwy ger Harlech pan welodd meibion Collwyn ef – Eginir, Gellan, Merwyd ac Ednyfed – dyma nhw'n tosturio wrtho ac yn eu helpu tra oedd yn cuddio mewn ogofâu anghysbell . . .

Hanes Gruffudd ap Cynan

"Mi fyddi di'n frenin," sïai llais Tangwystl yn ei glust.

Breuddwyd yw hon, meddyliodd Gruffudd. Unrhyw eiliad rwân mi fydda i'n deffro yn nhywyllwch enbyd y carchar a'r llygod mawr yn rasio dros fy nghorff.

Agorodd ei lygaid a chael ei fod yn edrych ar wyneb cyfareddol Tangwystl. Syllai llygaid treiddgar y broffwydes arno'n llawn pryder ac yn fwy ansicr nag arfer. Am ychydig roedd Gruffudd yn disgwyl i'w hwyneb ddiflannu fel y gwnâi bob tro pan oedd yn y dwnsiwn yng Nghaer. Ond na, daliai'r llygaid i syllu arno, ac o'r diwedd ymlaciodd ei hwyneb. Yn sydyn roedd hi'n gwenu, a'r wên honno'n chwalu pob amheuaeth mai dim ond breuddwydio oedd o.

"Croeso'n ôl i'r byd," meddai Tangwystl.

"Henffych, fy nghyfnither," atebodd Gruffudd ar ôl llyncu sawl gwaith i gael hyd i'w lais. "Ers faint ydw i'n cysgu?" gofynnodd wedyn gan geisio codi ar ei eistedd.

"Tridiau," meddai Tangwystl gan ymestyn ei llaw i'w rwystro rhag symud ymhellach. Cododd gawg oddi ar y bwrdd bach ger y gwely, yn union fel y cawg roedd Gruffudd wedi'i weld yn ei dwymyn yn y castell.

Unwaith eto, gallai Gruffudd glywed arogleuon egnïol yn codi o'r hylif yn y cawg wrth i Tangwystl ei ddal yn ofalus at ei wefusau fel y gallai lymeitian ohono.

Petrusodd Gruffudd am eiliad rhag ofn y deuai rhyw weledigaeth ofnadwy i'r golwg ar wyneb yr hylif, ond na, roedd cynnwys y cawg yn llonydd a Tangwystl yn ei annog i yfed ohono.

Roedd y ddiod yn oer a'i blas yn ffres ac yn chwerwfelys, ac eto roedd ei heffaith mor gynhesol nes ei fod yn teimlo fel pe bai'n cael ei adfywio drwyddo. Cymerodd Tangwystl y cawg oddi arno gan bwyso'i llaw ar ei frest; suddodd ei ben yn ôl i'r gobennydd a chysgodd unwaith eto – cwsg hir, difreuddwyd.

Am wythnos arall, gorweddai yn nhŷ Cynwrig Hir yn Edeirnion gyda'i gyfnither yn gofalu amdano. Trwy rym ei meddyginiaeth a bwyd maethlon yr aelwyd, dechreuodd Gruffudd adennill ei nerth ac edrych yn llai tebyg i sgerbwd neu ddrychiolaeth.

Yn fuan iawn wedyn roedd yn ôl ar ei draed, a rhyfeddai pawb at y ffordd gyflym yr aeth o nerth i nerth. Byddai'n ymarfer â'i gleddyf bob dydd i adfer cryfder ei freichiau. Rhedai am filltiroedd ar y mynydd a thrwy'r coedwigoedd yng nghwmni'r cŵn a'r helwyr nes ei fod yn gryfach ac yn fwy heini bron na phan aeth i'r carchar.

Yr unig beth nad oedd modd ei adfer oedd ei olwg. Roedd bwyd gwael y carchar a diffyg maeth wedi cael effaith andwyol ar ei lygaid, ac ni fyddent byth yr un fath ar ôl hynny. Fel yr âi Gruffudd yn hŷn, byddai'n colli'i olwg yn gyfan gwbl.

Yn ystod y cyfnod hwn, ymwelodd llawer iawn o uchelwyr Gwynedd â chartref Cynwrig Hir, pob un yn cario straeon ofnadwy ac yn cwyno'n arw am y ffordd roedd y Normaniaid wedi ymledu trwy bob cwr o'r wlad, gan godi'u cestyll ym Môn, Bangor, Caernarfon a thu hwnt, ac fel yr oeddent yn gwasgu'n drwm ar yr ardaloedd o'u cwmpas, gan drin y Cymry fel pe baent yn farbariaid.

"Mae uchelwyr Gwynedd yn awyddus i daro'n ôl," meddai Cynwrig wrth Gruffudd, "ond does gynnon ni neb i'n harwain. Y cwbl fedrwn ni ei wneud ydi ymosod fan hyn a fan draw, tynnu ychydig waed yma ac acw, ond does dim modd lladd y bwystfil a chodi'r baich annioddefol yma oddi ar ein cefnau. Yr un ydi'r profiad mewn rhannau eraill o Gymru, ac os na wnawn ni rywbeth, fe fydd Gwynedd a phob rhanbarth arall yn peidio â bod."

Ond roedd ffawd wedi gweithio o blaid y Cymry am unwaith. Roedd Gwilym Goncwerwr, brenin Lloegr, newydd farw ac roedd ffraeo ofnadwy erbyn hyn rhwng ei dri mab ynglŷn â'u hetifeddiaeth, a'r barwniaid Normanaidd wedi'u rhannu ac yn ymladd ymysg ei gilydd. Roedd yn ymddangos bod Robert o Ruddlan wedi gadael gogledd Cymru er mwyn ymladd yn Normandi. Roedd llai o filwyr ar gael yng nghestyll y Norman yng Nghymru, a llai hefyd wrth gefn dros y ffin, ac am y tro roedd y Ffrancwyr heb arweinydd effeithiol.

Pe bai uchelwyr Gwynedd yn gallu uno, efallai mai dyma'r cyfle i sgubo'r Norman yn ôl dros y ffin. Ac onid Gruffudd ap Cynan oedd y dyn a allai eu harwain? Roedd mwy a mwy bellach yn fodlon ei gydnabod yn wir frenin y dalaith.

Ystyriodd Gruffudd eiriau Cynwrig gan edrych i fflamau'r tân. Doedd neb arall o gwmpas. Dim ond nhw ill dau oedd yn y neuadd fawr, yn yfed medd ac yn trafod. Y tu allan roedd storom yn chwipio o gwmpas y tŷ, a phob hyn a hyn byddai mellten anferthol yn goleuo cysgodion y neuadd.

Heb os, dyma gyfle heb ei ail i Gruffudd ailgydio yn ei gwest – ond o ble y câi gefnogaeth? Doedd dim digon o filwyr i'w cael yng Ngwynedd, yn enwedig gyda'r Normaniaid yn cadw llygad barcud ar holl weithgareddau'r arweinwyr lleol.

Trodd ei feddwl unwaith eto at Iwerddon ac at ei gyfeillion yno. Doedd dim i'w ennill o aros yng Nghymru ar hyn o bryd, efallai i gael ei fradychu a'i ddal unwaith eto. Doedd o ddim yn siŵr a allai ddygymod â chyfnod arall yng ngharchar Caer, ynteu a ddylai aros a cheisio casglu byddin o'i gwmpas fan hyn? Roedd o mewn cyfyng-gyngor go-iawn.

Drannoeth, dyma ddigwyddiadau'n achub y blaen arno. Roedd y Normaniaid wedi clywed bod Gruffudd yn cuddio rhywle yn Edeirnion ac roedd milwyr yn heidio yno o bob cwr i geisio'i ddal. Bu'n rhaid iddo ffoi ar frys, a chriw bach ohonynt yn taranu ar gefn ceffylau liw nos tua'r gorllewin.

Yn gyntaf aethant i Ynys Môn, ac wedyn am gyfnod bu Gruffudd ar grwydr mewn sawl man – ar Ynysoedd Erch, oddi ar arfordir gogledd yr Alban (un arall o deyrnasoedd y Llychlynwyr), yn Ardudwy ym Meirionnydd, yng Ngwent yn ne Cymru, yn Aberdaron, yn Nulyn, gan groesi'n ôl ac ymlaen dros Fôr Iwerddon mewn cychod rhwyfo bach agored.

Ar ffo oedd o, ond doedd o ddim heb ffrindiau. Mewn rhai ffyrdd roedd yn byw bywyd môr-leidr, yn cefnogi brenhinoedd Llychlyn yn eu hymosodiadau ar y diniwed a'r diamddiffyn i gynnal y farchnad gaethweision. Doedd o ddim yn gyfnod iddo ymfalchïo ynddo. Drwy'r amser roedd yn chwilio am gyfle i ddod yn ôl i Wynedd ac i dynnu blewyn o drwyn ei elyn pennaf – y Norman.

Ar un adeg, llwyddodd i gasglu cant chwe deg o ddynion o'i gwmpas yng Ngwynedd a buont yn ymosod ar y Normaniaid lle bynnag y gallent, yn dysgu mwy am y gelyn a'i dactegau bob tro, yn profi'r mannau gwan yn ei amddiffynfeydd. Gwelai Gruffudd fod modd curo'r Norman, ond bod sicrhau buddugoliaeth yn y tymor hir yn dipyn mwy o gamp.

Drwy ddyfal donc roedd wedi trechu Trahaearn. Roedd cipio Gwynedd yn bosibl, roedd yn sicr o hynny, ond roedd y gelyn gymaint yn gryfach y tro yma. Ac nid mater o ladd un teyrn a chymryd ei le oedd dan sylw fan hyn. Roedd un gwirionedd pwysig yn dechrau gwawrio: byddai cadw'r Norman allan o Wynedd yn cymryd mwy na grym arfau yn unig.

Ta waeth am y tymor hir, ar ddechrau mis Gorffennaf 1088, fe lwyddodd Gruffudd i dalu'r pwyth am greulondeb ei garchariad yng Nghaer a hynny mewn ffordd ddramatig iawn y bu neb llai nag Idwal yn dyst iddo.

11.

Dial dan y Gogarth

"Idw! Idw! Newydd gwych, Idw!"

Roedd Idw'n gorffen ei waith yn yr efail am y dydd, pan glywodd lais Gwenffrwd yn galw arno. Aeth allan trwy'r drws isel i'r heulwen danbaid ar ddiwedd diwrnod chwilboeth o haf. Gallai weld Gwenffrwd yn gwibio draw ato o'r coed.

"Be sy? Be sy?"

"Mae o wedi'i ladd."

"Be ti'n hefru? Pwy sy wedi'i ladd?"

Gafaelodd Gwenffrwd ym mraich ei brawd a dechrau tynnu arni fel merlen fach.

"Brysia! Sdim amser i'w golli. Ty'd."

"I ble? I be?"

Serch ei brotestiadau, gadawodd Idw iddi'i dynnu ar draws y tir agored o flaen y tai.

"I ben y Foel . . ."

Roedd llygaid ei chwaer yn pefrio a'i bochau'n fflamgoch ar ôl rhedeg bob cam o'r castell yn Neganwy.

Stopiodd Idwal yn stond, gan wrthsefyll y tynnu nerthol ar ei fraich.

"I be y baswn i eisio mynd i ben y Foel? Mae hi'n rhy boeth i fynd i nunlle ar hyn o bryd, heb sôn am ddringo i fanna. Mae gen i betha gwell i'w gwneud, Gwenffrwd," a cheisiodd dynnu'n rhydd o'i gafael.

" . . . i weld y llongau!"

Roedd Gwenffrwd wedi rhoi'r gorau i'r tynnu, ac erbyn hyn roedd yn rhedeg nerth ei thraed noeth am y llwybr a arweiniai i ben y Foel.

"Pa longau?"

Ond roedd Gwenffrwd eisoes yn rhy bell i ffwrdd fel na fedrai Idw ddeall ei hateb. Yn anfoddog, dechreuodd redeg ar ei hôl hi. Roedd y llwybr i fyny'r Foel yn serth iawn a'r eithin a'r mieri wedi tyfu'n drwch drosto mewn mannau. Yn fuan roedd yn lladdar o chwys a'i goesau'n grafiadau byw drostynt. Bu'n ddiwrnod crasboeth a doedd dim arwydd bod yr awyr am oeri wrth i'r haul ddechrau symud tuag at y gorwel. Gorweddai'r gwres fel carthen drom dros bob man.

O'r diwedd daliodd o Gwenffrwd pan fu raid iddi gymryd hoe tua hanner y ffordd i fyny'r mynydd. Roedd hi wedi nogio a'i choesau'n rhy wan i fynd gam ymhellach am y tro.

Eisteddodd Idw wrth ei hochr.

"Pa longau, Gwenffrwd?"

Ond doedd dim modd iddi ateb. Byddai'n rhaid iddo aros nes iddi gael ei gwynt ati.

Edrychodd Idw i lawr ar y wlad oddi tanynt – ar afon osgeiddig Conwy'n llifo fel neidr arian tua'r môr ac ar lethrau mynyddoedd Eryri'n crychu a chrynu yn y gwres yr ochr draw iddi. Roedd yr olygfa yma wedi'i serio ar ei gof er pan oedd yn fachgen bach, yn olygfa oesol nad oedd byth yn newid; ac eto, roedd newidiadau mawr ar droed ym mhob man o'i gwmpas – digwyddiadau a oedd yn effeithio ar fywydau ac yn newid hanes pawb yn y fro.

Yn wir, newid mawr oedd yn disgwyl Idw ar y diwrnod y dychwelodd i'r pentre ar ôl iddo gefnu ar Gofi a lluoedd Gruffudd ap Cynan rhyw saith mlynedd yn ôl cyn hynny.

Gwyddai wrth gyrraedd cyffiniau'r pentre fod yna rywbeth o'i le. Roedd wedi teimlo'n ddigon rhyfedd wrth gerdded yr hen lwybrau cyfarwydd oherwydd ei fod wedi tyfu cymaint ers y tro diwethaf iddo fod yno. Ond heblaw am deimlo fel cawr, roedd hefyd wedi dechrau synhwyro bod rhywbeth mwy sylfaenol o'i le yn ei hen gynefin.

Ar gyrion y pentre ei hun, gwelodd olion llosgi lle y byddai tai'n sefyll erstalwm. Gwelodd fod rhai o'r gerddi o dan drwch o ddrain a mieri, ac roedd yna dawelwch anarferol dros y fro – er y gallai glywed rhywun yn defnyddio bwyell yn y coed a chlywed oglau tanau.

O'r diwedd gwelodd fachgen ifanc yn llusgo llwyth o goed tân ar draws y tir agored uwchben y morfa.

"Henffych, was," meddai'n glên.

Yn syth, gollyngodd y bachgen y coed gan redeg nerth ei draed am y tŷ agosaf. Roedd hyn yn peri syndod i Idw. Erstalwm, yn blant, byddent yn tyrru at bobl ddiarth ac yn eu dilyn yn un haid swnllyd o gwmpas y lle nes i'r dieithriaid gael llond bol a'u hysio i ffwrdd.

Dilynodd Idw y bachgen nes cyrraedd bwthyn to brwyn a mwsogl dan y coed.

"Oes 'ma bobol?" gwaeddodd.

"Pwy sy'n holi?" atebodd llais ofnus hen ddynes o grombil y tŷ.

"Idwal, mab Ieuan y Cranciwr," meddai Idw gan fynd at ddrws y bwthyn.

"Myn dagrau'r Forwyn Fair!"

Roedd Idw'n nabod y llais hefyd – Bodo Modlen, chwaer Morwen ei fam faeth.

Yn nrws y bwthyn ymddangosodd pwten fach o ddynes a chanddi wyneb fel cneuen grinclyd.

"Idwal, fy nhrysor i. Chdi ydi'r cawr mawr yma dwi'n ei weld o 'mlaen i? Lle aeth yr hogyn bach tlws 'na?" Ac wedyn dyma hi'n dechrau crio'n dawel.

O dipyn i beth llwyddodd Idw i'w chysuro'n ddigonol iddi gael adrodd hanes torcalonnus y pentre a'i anwyliaid.

Toc ar ôl i Idw a'r lleill gael eu cipio gan y môr-ladron, mae'n debyg bod y pentre wedi dioddef ail ergyd pan ddaeth mintai o filwyr Normanaidd dan arweiniad marchog o'r enw Bernard de Wal i'r ardal. Roedd y Ffrancwyr wrthi'n prysur godi'r diweddaraf mewn cadwyn o gestyll estron yn ymestyn trwy ogledd Cymru, ar safle hen gaer Maelgwn Gwynedd yn Neganwy.

Roedd rhai o'r Cymry o'r ochr draw i'r afon wedi ymosod ar nifer o wagenni a oedd yn cludo cerrig i safle'r castell newydd, gan ladd dau o'r milwyr troed oedd yn eu gwarchod.

Daeth y dial yn sydyn fel corwynt nerthol am ben y pentrefwyr.

"Ar doriad y wawr drannoeth yr ymosodiad," meddai Bodo Modlen, "cyrhaeddodd de Wal a'i ddynion. Mi gafodd pawb eu hel o'u tai i'r tir agored uwchben y morfa a rhoddwyd y tai i gyd ar dân. Roedd llawer iawn o'r dynion i ffwrdd ar y mynydd ar y pryd ac roedd hyn wedi digio de Wal yn arw iawn. Gorchmynnodd ei ddynion i fynd â'r holl anifeiliaid i ffwrdd, a phan welodd Morwen y milwyr yn gafael yn eu geifr, dyma hi'n colli'i limpin yn lân. Wyt ti'n cofio cymaint o feddwl oedd ganddi hi o'i geifr? Fiw i neb weiddi arnyn nhw, hyd yn oed os oedden nhw yng nghanol yr ardd yn llarpio'r ffa i gyd."

"Ydw. Dwi'n cofio'n dda," meddai Idw.

"Rhuthrodd hi at y milwyr a dechrau'u dyrnu nhw. Mi wnaethon nhw ei gwthio o'r ffordd, ond dyma hi'n dod yn ei hôl – a'r peth nesa roedd y diawl de Wal wedi carlamu draw ati ac yn ei fflangellu â chwip fawr bigog. Pan syrthiodd hi i'r llawr, daeth yr hen afanc oddi ar gefn ei geffyl mawr ac fe aeth ati i'w fflangellu'n ddi-stop am amser maith. Druan ohoni, roedd ei chefn yn garpiau i gyd, un o'i llygaid wedi'i rhwygo o'i phen ac roedd hi wedi hen golli'i synhwyrau. Wnaeth hi ddim byw mwy na diwrnod wedyn. Fy chwaer fach annwyl wnaeth ddim drwg i neb erioed, yn cael ei chigydda yng ngolwg ei chartref a'i phobol ei hun!"

Roedd Idw'n dal i gofio'r cymysgedd rhyfedd o dristwch a dicter a deimlai ar ôl clywed am farwolaeth ei fam faeth, dryswch a gafodd ei ddwysáu ymhellach wrth gwrdd â Gwenffrwd yn nes ymlaen yn y dydd, a hithau bellach yn eneth dal yn ei harddegau cynnar.

O leiaf y gallai Idw rannu'i brofedigaeth â rhywun, ac roedd Gwenffrwd hithau'n gallu rhannu'i phrofiad hi, sef gorfod gwylio'i mam faeth yn cael ei llofruddio yn y modd mwya erchyll gan Bernard de Wal o flaen ei llygaid. Roedd Gwenffrwd wedi tyngu llw y noson honno – pan oedd hi yn ei galar ger yr hen gromlech a safai uwchlaw'r traeth – y byddai hi'n dial ar y Normaniaid am farwolaeth ei mam os mai'r dyna'r peth olaf a wnâi.

Roedd Gwenffrwd bellach yn gweithio yng nghegin y castell.

"Pam ar wyneb y ddaear?" holodd Idw, yn methu â deall sut y gallai ei chwaer ddioddef bod o dan yr unto â'r holl Normaniaid 'na.

"Achos fe ddaw dydd," meddai, "pan fydd cael rhywun 'fatha fi y tu mewn i gastell Deganwy yn talu ar ei ganfed."

Roedd Gwenffrwd wedi bwrw'i blinder erbyn hyn ac yn codi ar ei thraed unwaith eto i ailgydio yn ei ras i gopa'r Foel.

"Gwenffrwd," mynnodd Idw. "Mae'n rhaid i ti ddeud wrtha i'n iawn be sydd wedi digwydd."

"Mae'r llabwst Robert o Ruddlan, yr hen sglyfaeth iddo, wedi'i ladd."

"Pryd?"

"Heddiw. Dechrau'r prynhawn."

Trodd i gychwyn unwaith eto am y copa. Y tro yma, Idw a gydiodd yn ei braich hithau gan ei dal yn sownd.

"Y stori gyfan … rŵan hyn, da hogan."

Gwelodd Gwenffrwd nad oedd ganddi ddewis.

"Roedd Robert yn cysgu ar ôl cinio, yn ôl ei arfer – welaist ti'r ffasiwn fochyn erioed am ei fwyd. Beth bynnag i ti, dyma rai o'i denantiaid yn cyrraedd yn llawn rhyw hanes bod

Gruffudd ap Cynan wedi glanio hefo tair llong llawn môr-ladron o dan Ben y Gogarth ac yn dwyn eu gwartheg a'u heiddo."

Gruffudd ap Cynan! Doedd Idw ddim wedi clywed yn yr efail fawr o sôn amdano ers dod yn ôl i'r pentre. Ambell sylw – a'r rheini heb fod yn garedig iawn bob amser – yn yr efail ond dim mwy na hynny. Doedd o ddim chwaith wedi brolio rhyw lawer am ei anturiaethau yng nghwmni brenin Gwynedd – heblaw am adrodd yr hanes wrth Gwenffrwd, wrth gwrs.

Teimlai bod ei gyfnod yn Iwerddon fel breuddwyd, ac oni bai am y sgiliau gwaith gof roedd wedi'u dysgu gan yr hen Gofi, sgiliau a oedd wedi'i alluogi i fod yn of i'r pentre erbyn hyn, roedd weithiau'n amau a oedd yr holl bethau hynny wedi digwydd go-iawn.

Aeth Gwenffrwd yn ei blaen â'r hanes.

"Cafodd y llongau eu dal ar y traeth wrth i'r llanw fynd ar drai, a dyma Robert yn cyrraedd Pen y Gogarth yn wyllt i gyd, yn barod i dorri crib ei archelyn."

"Faint o ddynion oedd hefo fo?" gofynnodd Idw.

"Dim digon. Roedd o wedi gyrru negeswyr i Ruddlan a mannau eraill i gael milwyr wrth gefn, ond doedd dim modd iddyn nhw gyrraedd mewn pryd. Felly i lawr ag o i'r traeth mewn tymer ofnadwy, achos roedd y llanw wedi troi tra oedd o'n teithio o Ddeganwy, ac roedd llongau Gruffudd ar y môr unwaith eto. Dim ond y dyn oedd yn cario arfwisg Robert aeth i lawr i'r traeth hefo fo. Doedd neb arall yn fodlon."

"Roedd ei arfwisg amdano?"

"Nag oedd, nag oedd! Dyna be sydd mor wych," gwichiai Gwenffrwd. "Y peth hawsa yn y byd i'r Cymry ar y llongau wedyn oedd ei lorio hefo'u gwaywffyn. Mae o wedi marw! Mae'r cythraul wedi marw. Ond mae'n rhaid i ni frysio."

"I be?"

"Mae llongau'r Cymry yn cael eu hel gan y Normaniaid dros y bae. Rhaid i ni frysio."

Ac yn sydyn roedd Idw ar dân eisiau gweld y ddrama ar y môr a rhuthrodd yng nghwmni'i chwaer i fyny'r llwybr serth tua chopa'r Foel.

Ar ôl cyrraedd pen y mynydd, dyma edrych draw dros ddyfroedd sgleiniog aber afon Conwy lle gallent weld yn glir y tair llong dan arweiniad Gruffudd ap Cynan yn cael eu rhwyfo ar gyflymdra mawr tua'r môr agored a phedair llong Normanaidd ar eu holau. Roedd gan y llongau Normanaidd bron dwywaith cymaint o rwyfau'n corddi trwy'r môr ac roedd y bwlch rhwng y llongau'n prysur gau.

Yn hongian yn uchel ar hwylbren y gyntaf o'r tair llong Gymreig roedd pen Robert o Ruddlan i'w weld yn glir yng ngolau euraidd y machlud. Roedd golwg rhwng syndod a chynddaredd ar yr wyneb a'r llygaid yn agored led y pen.

Craffai Idw i weld a allai gael cip ar Gruffudd ap Cynan, ond roedd y llongau eisoes yn hwylio ymhell o'r lan.

Yn sydyn dyma ben Robert yn cael ei dynnu oddi ar yr hwylbren a'i luchio i'r môr. Cododd trwst mawr i'w clustiau wrth i griw'r llongau Normanaidd sylweddoli beth oedd wedi digwydd. Arafodd eu hynt dros y don ac roeddent fel pe baent wedi colli diddordeb yn yr helfa.

Gwylient wrth i'r tair llong fynd yn llai ac yn llai wrth iddynt gael eu llyncu yn ffwrnais y machlud haul.

12.

Gwrthryfel!

Gwaethygu'n hytrach na gwella a wnaeth sefyllfa'r Cymry ar ôl marwolaeth Robert o Ruddlan. Bu Huw Flaidd yn gyflym iawn wrth fynd ati i gryfhau gafael y Normaniaid ar ogledd Cymru, gan godi mwy a mwy o gestyll cadarn.

Digon diflas oedd yr hanes ledled Cymru, gyda marwolaeth Rhys ap Tewdwr ger Aberhonddu ym 1093 yn golled arw yn y rhan honno o'r wlad. Ond o'r diwedd, roedd y Cymry wedi deffro i fygythiad y Normaniaid a doedden nhw ddim yn fodlon ildio'u gwlad heb ymladd yn galed amdani.

Yn hwyr rhyw noson yn gynnar ym 1094, ryw chwe blynedd ar ôl i Gwenffrwd ac Idw wylio llongau Gruffudd ap Cynan yn dianc rhag y llynges Normanaidd yn sgil eu hymosodiad llwyddiannus ar Ddeganwy, daeth Gwenffrwd yng nghwmni dyn diarth at yr efail. Gwisgai'r dyn gwfl am ei ben fel na allai Idw weld ei wyneb yn glir.

"Mae'r dyn yma'n awyddus i siarad â thi, Idw."

"Idwal fab Ieuan, dwi yma i ddweud wrthat ti fod Gruffudd ap Cynan ar fin dod yn ôl i Wynedd, i adennill ei deyrnas unwaith ac am byth."

Edrychai Idw arno'n syn.

"Pwy wyt ti? Pam na wnei di ddangos dy wyneb?"

Roedd y gof ifanc wedi'i fwrw oddi ar ei echel braidd ac yn anfodlon siarad â dieithryn dirgel fel hyn.

"Dydi fy enw i ddim yn bwysig. Dwi'n gwasanaethu

Cadwgan ap Bleddyn o Bowys. Mae gafael yr estroniaid, y Ffrancwyr a'r Saeson sy'n eu gwasanaethu, yn tynhau ar bob rhan o Gymru. Mae'u cestyll fel rhaff am ein gyddfau sy'n tagu ein hanadl einioes yma yng Ngwynedd ac ym mhob cwr arall o'r wlad. Rhaid i ni eu dinistrio, neu taeogion fydd y Cymry am byth."

Ddywedodd Idw yr un gair. Pam bod y dieithryn yma wedi dod ato fo o bawb, a hynny'n ddirgel ac yng nghanol y nos?

"Mae ein hysbïwyr yn dweud wrthon ni fod Gwilym Goch, brenin Lloegr, yn paratoi i fynd i Normandi unwaith eto. Dyma ein cyfle. Cyn gynted ag y bydd yn cychwyn ar ei daith, ein bwriad yw codi yn erbyn y cestyll a thaflu'r Norman o Wynedd unwaith ac am byth. Bydd Gruffudd yn hwylio o Iwerddon i ymuno â ni a bydd gan Wynedd frenin cryf unwaith eto i wrthsefyll y Ffrancwyr."

"Pam dweud hyn wrtha i?"

"Rydan ni'n gwybod i ti unwaith fod yn of i Gruffudd ap Cynan . . ."

"Prentis yn unig oeddwn i," protestiodd Idw.

"Yn brentis am chwe blynedd i Gofan, un o'r gofaint gorau a fu erioed."

"Gofi? Wyt ti wedi clywed amdano?"

"Mae yna fri mawr ar enw Gofan yn y pedwar ban. Y peth pwysig, Idwal fab Ieuan, yw dy fod tithau'n hyddysg yn y grefft o wneud arfau rhyfel."

Oedd, roedd Idw'n hyddysg yn y grefft – ond doedd o ddim wedi arfer y grefft honno ers bron i bymtheng mlynedd. Bwyeill, llestri, erydr, cyllyll, llwyau – dyna oedd ei waith erbyn hyn. Roedd Idw wedi gweld digon o ddistryw a dioddefaint rhyfel pan oedd yn llanc i bara am oes ac yn ddigon bodlon peidio â gwneud yr un cleddyf na gwaywffon eto. Teimlai ei stumog yn oer ac yn drist ac yn cau fel dwrn wrth iddo sylweddoli at ble'r oedd y sgwrs yma'n arwain.

"Mae angen arfau arnon ni – yn enwedig cleddyfau ac arfwisgoedd. Mi fyddwn i'n ymosod ar gastell Deganwy a bydd yn rhaid sicrhau bod cyflenwad o arfau ar gael wrth law i'n dynion ni. Gwenffrwd fydd yn gadael i ni fynd i mewn i'r castell ei hun."

"Gwenffrwd!" ebychodd Idwal. Ond roedd Gwenffrwd yn gwylio'r dieithryn fel pe bai wedi'i swyno'n llwyr a heb gymryd unrhyw sylw o'i brawd.

"Wyt ti hefo ni, Idwal?"

Clywodd Idwal y geiriau ac aeth ias trwyddo. Gwyddai nad oedd ganddo ddewis mewn gwirionedd. Gwyddai'n iawn fod y Normaniaid yn graddol gaethiwo'r wlad, nad oedd modd gwneud dim heb eu caniatâd, a'u bod yn feistri llawdrwm a chreulon. Onid oedd ei fam faeth wedi cael ei bwtsiera ganddyn nhw, a sawl un arall yn y pentre lle y cafodd ei fagu? Ac eto, roedd y syniad o ryfela mor atgas ganddo.

Bu tawelwch am ychydig ac edrychai'r dieithryn a Gwenffrwd arno'n ddisgwylgar.

"Idwal?" meddai'i chwaer yn ddiamynedd.

"Mi wna i be wyt ti'n ei ofyn," meddai o'r diwedd heb godi'i ben.

"Rhagorol!" meddai'r dieithryn. "Mi glywi di gynnon ni'n fuan. Paid ag yngan yr un gair wrth neb, cofia. Mae cadw'r gyfrinach yn hollbwysig i lwyddiant ein cais."

A heb air o ffarwél diflannodd i'r nos. Aeth Gwenffrwd ar ei ôl yn syth gan adael Idwal ar ei ben ei hun yn edrych i'r tân.

Ar ôl ychydig, daeth Gwenffrwd yn ei hôl. Gwelodd yr olwg anfodlon oedd ar wyneb ei brawd.

"Be sy arnat ti, Idw? Doeddet ti ddim yn frwd iawn wrth Maredudd."

"Dyna ei enw fo, ia? Mae'n amlwg ei fod o'n fodlon rhannu mwy o gyfrinachau hefo chdi na hefo dy frawd, tydi? Pam ddiawl ddylen ni ymddiried ynddo fo, beth bynnag?

Dwi wedi gweld digon o'r ffrindiau gwên deg 'ma. Addewidion rif y gwlith ganddyn nhw. Ers pryd y bu gwŷr Powys yn ffrindiau i ni yng Ngwynedd? On'd oeddwn i'n ymladd meibion Powys ym mrwydr Mynydd Carn? A nhwytha wedi hawlio Gwynedd ar ôl i deulu Gruffudd ap Cynan gael ei hel o'ma."

"Mae pethau'n newid, Idw. Mae'n bryd i'r Cymry uno yn lle ymladd yn erbyn ei gilydd trwy'r amser."

"Pwy goblyn wyt ti'n feddwl wyt ti? Slwten yng nghegin y Norman – dyna hyd a lled dy fyd di. Mi ddylet ti wybod pryd i ddal dy dafod a chofio dy le."

Doedd Idw ddim eisiau dweud y ffasiwn bethau wrth ei chwaer, ond roedd ei deimladau'n blith draphlith i gyd a doedd ganddo fawr o reolaeth ar beth oedd o'n ei ddweud. Roedd yr holl sôn am Gruffudd ap Cynan a Gofi wedi corddi atgofion chwerwfelys ynddo.

Edrychodd Gwenffrwd ar ei brawd a gweld ei fod yn anhapus.

"Gwranda, Idw. Mi fedrwn ni ymddiried yn Maredudd. Achos . . . achos . . . dwi'n mynd i'w briodi o."

"Priodi?"

"Dwi'n disgwyl ei blentyn."

Distawodd Idwal. Am huddygl i'r botes! Yn rhyfedd ddigon, dim ond echdoe bu'n tynnu ar ei chwaer ei bod yn hen bryd iddi gael hyd i ŵr. Doedd o ddim yn siŵr o'i hunion oedran, ond rhaid ei bod tua phump ar hugain a'r rhan fwyaf o ferched yr un oed â hi a chanddynt haid o blant o ddeg oed i lawr.

Roedd hi yn ei thro wedi'i bryfocio yntau am ei ddiffyg diddordeb mewn priodi a magu teulu.

"Mae digon ffor 'ma fasa wrth eu boddau'n cael teulu gen ti! Bydd yn rhaid i ti fynd at y mynaich ar y mynydd," gwawdiodd.

Chododd Idw ddim i'r abwyd.

"Pwy yw'r Maredudd yma?"

"Mae o'n uchelwr o Bowys."

"Yn uchelwr? O, Gwenffrwd fach! Callia, er mwyn Duw. Tydi uchelwr ddim yn mynd i briodi â merch fel ti. Dy dwyllo di mae o."

Safai Gwenffrwd yn benisel o'i flaen – yn methu â chuddio'i hamheuon.

"A pheth arall, be ydi hyn amdanat ti'n agor y castell iddyn nhw. Pa lol ydi hyn?"

"Dydi o ddim yn lol," atebodd yn ffyrnig, ei gwrychyn wedi codi erbyn hyn. "Mae 'na ddrws bach i un o'r seleri. Does dim ond wal fach iddyn nhw ei chlirio; mae'r drws yno allan o olwg llygaid pawb, ond mae'n arwain yn syth i mewn i'r castell. I bobol ddianc oddi yno mae o, ond pam lai mynd â phobol i mewn drwyddo?"

"Os bydd y Normaniaid yn dy ddal, mi wnân nhw dy rostio di'n fyw a thaenu dy berfedd dros furiau eu castell melltigedig."

"Sdim ots."

"Basa ots gen i."

"Rhaid imi ei wneud o."

"Be ti'n hefru?"

"Y fo sydd yno . . ."

Gwyddai Idw'n syth am bwy oedd hi'n sôn. Yr un cywair fyddai yn ei llais bob tro y byddai'n cyfeirio ato 'fo'.

"Bernard de Wal, 'lly?"

Amneidiodd Gwenffrwd.

"Ydi, mae o'n ei ôl ers mis. Dwi'n gorfod gweini arno amser bwyd. Dwi'n gorfod mynd yn ddigon agos ato i blannu cyllell yn ei hen gorpws afiach. Mae Maredudd wedi addo torri'i ben a'i roi ar bicell ar y tŵr yng nghanol y castell."

Teimlodd Idw ryw newid yn dod drosto. Nid ei chwaer oedd yr unig un oedd wedi bod yn ysu am ddial am lofruddiaeth Morwen dros y blynyddoedd diwethaf.

Mwya i gyd y meddyliai am yr hyn a ddigwyddodd,

mwya i gyd y codai ysfa wyllt ynddo i suddo dagr i galon
ddu'r teyrn oedd wedi lladd ei fam faeth. A dyma'r cyfle'n
codi.

"Wel, mi geith o'r cleddyf gorau gen i at y gwaith hwnnw,
beth bynnag," meddai gan brocio'r tân yn anniddig.

Cofleidiodd Gwenffrwd ei brawd a'i adael yn syllu i'r
fflamau.

13.

Brwydro caled ar Ynys Môn

. . . ac yna bu brwydr gas, greulon, galed o'r bore hyd y
prynhawn a syrthiodd llawer o ddynion ar bob ochr, y
dewraf yn gyntaf, ac yn eu plith dyma Gruffudd yn neidio
o flaen pawb arall i glirio'r ffordd trwy'r holl Ffrancwyr yn
eu harfwisg a'u helmedau gyda'i fwyell ddeufin . . .

Hanes Gruffudd ap Cynan

Roedd pethau wedi bod yn wahanol y tro yma. Roedd yna
ryw ysbryd newydd ar gerdded yn y tir wrth i bobl
Gwynedd sylweddoli bod yr amser wedi dod i gladdu pob
hen ffrae gan uno i geisio delio â'r Norman cyn colli'r dydd
yn llwyr.

Roedd hi'n wahanol, ond doedd hi ddim wedi bod yn
rhwydd. Pan glywodd Gruffudd yn gynnar yn y flwyddyn
1094 fod cynlluniau ar droed yng Ngwynedd, ac yn wir
ledled Cymru, i fanteisio ar absenoldeb Gwilym Goch a
Huw Flaidd yn Normandi a'r dryswch cyffredinol dros y ffin
yn Lloegr, roedd wedi troi at ei hen ffrindiau yn Iwerddon.
Ond bu tro ar fyd yng ngwleidyddiaeth y wlad honno hefyd
gyda'r Gwyddelod a'r Llychlynwyr yn rhyfela yn erbyn ei
gilydd unwaith eto. Doedd neb yn gallu cynnig help i
Gruffudd, ac ychydig iawn o ddiddordeb a ddangosid yn
helyntion y wlad fach dros y môr.

Yn y pen draw, bu'n rhaid i Gruffudd hwylio a rhwyfo
tua'r gogledd i Ynysoedd y Daniaid – ynysoedd Heledd (yr
Hebrides ein hoes ni) – ac i Ynys Manaw lle y gwrandawodd
y Brenin Gothri ar ei gais am gymorth â chydymdeimlad

mawr gan roi chwe deg o longau iddo ynghyd ag offer a dynion er mwyn cynnal ymgyrch yng Nghymru.

Hwyliodd y fflyd sylweddol hon i Ynys Môn lle'r oedd wedi glanio gan ymosod ar un o gestyll newydd sbon Huw Flaidd yn Aberlleiniog ger Llangoed. Fe aeth yn frwydr fawr, ac er gwaetha holl ymdrechion y Cymry a'u cynghreiriaid o'r ynysoedd, bu'r Ffrancwr yn drech na nhw a bu'n rhaid iddyn nhw gilio.

Roedd Gruffudd, a oedd yn bedwar deg oed erbyn hyn – yn henwr yn yr oes honno – wedi ymladd fel llew. Rhyfeddai pawb o'i gefnogwyr sut yr oedd wedi dod dros ei gyfnod yn y carchar a holl galedi'r blynyddoedd pan oedd ar herw yng Nghymru a gwledydd eraill.

O'i weld yng nghanol y frwydr yn trin ei hoff arf – bwyell ddeufin y Llychlynwyr – yn frawychus o fedrus, gan dorri cwysi llydan trwy ganol dwsinau o'i elynion, yn dawnsio o ffordd eu cleddyfau, eu dartiau a'u gwaywffyn, yn eu tynnu fel plu yn eu harfwisg drom oddi ar gefn eu ceffylau, roedd yn anodd credu nad dyn hanner ei oedran oedd ar flaen y gad.

Dro ar ôl tro ysbrydolodd ei luoedd i ymosod, ond ofer fu eu holl ymdrechion a bu'n rhaid dychwelyd i'r llongau.

Am yr eildro yn ei fywyd, roedd Gruffudd yn gorfod ffoi i ynysoedd diffaith y Moelrhoniaid oddi ar arfordir gogledd Môn. Roedd ei hyder wedi'i sigo a'i galon fel y plwm, ac roedd gwaeth i ddod.

Er mawr bryder iddo, roedd wedi derbyn neges bod llongau a dynion Gothri ar fin ymadael. Roedd helyntion ar dir mawr Iwerddon wedi berwi drosodd i fôr Iwerddon ei hun ac roedd angen ei filwyr ar Gothri i amddiffyn ei deyrnas gartref yn Ynys Manaw.

O ben y clogwyn, gwyliai Gruffudd yn dawel ofidus wrth i'r Daniaid baratoi'u llongau i'w throi hi o'r moroedd o gwmpas ynysoedd creigiog digroeso'r Moelrhoniaid. Roedd o'n deall yn iawn pam bod yn rhaid iddynt fynd fel hyn.

Roedd Gothri wedi'i rybuddio efallai na fyddai'n gallu cadw'i luoedd yno am yn hir. Ond o ble deuai cymorth yn awr?

"F'arglwydd Gruffudd! F'arglwydd Gruffudd. Mae gen i newyddion da!"

Un o uchelwyr Môn oedd yn rhedeg ato yng nghwmni dyn â chwfl am ei ben. Wrth nesáu, tynnodd y gŵr diarth y cwfl ac aeth i lawr ar un ben-glin.

"Mae'r bonheddwr yma yng nghwmni dau arall, gof a'i chwaer o Aberconwy, sydd newydd lanio ac mae ganddyn nhw newyddion arbennig o dda am wrthryfel ein brodyr ar y tir mawr."

Craffai Gruffudd ar y dieithryn, ond yn y gwyll cynyddol ac oherwydd cyflwr ei lygaid – a oedd fel pe baent yn gwaethygu o ddydd i ddydd erbyn hyn – ni fedrai ei weld yn glir. Aeth draw at y dyn gan arwyddo arno i godi ar ei draed.

"Henffych, Gruffudd ap Cynan, gwir frenin Gwynedd. Maredudd ab Einion o Bowys at eich gwasanaeth. Y fi yw cennad Cadwgan ap Bleddyn, arweinydd y gwrthryfel yn erbyn lluoedd y Ffrancwyr yng ngogledd Cymru. Dwi'n dod â newyddion da o lawenydd mawr i ti."

Roedd y geiriau 'newyddion da' yn rhai eithaf dieithr i Gruffudd yn ei fywyd hyd yn hyn!

"Echdoe, mewn man o'r enw Coed Ysbwys, enillodd Cadwgan ap Bleddyn fuddugoliaeth ysgubol yn erbyn byddin a anfonwyd gan yr Ieirll Normanaidd i geisio adennill y tiroedd a gollwyd ganddyn nhw yng Ngwynedd yn ddiweddar. Mi fedra i hefyd dystio bod y rhan fwyaf o gestyll y Norman wedi'u cipio neu'u dinistrio a'r milwyr a'r marchogion a oedd ynddyn nhw naill ai wedi'u lladd, yn garcharorion neu wedi ffoi am eu bywydau dros y ffin i Loegr."

Gwrandawodd Gruffudd yn anghrediniol ar Maredudd. Yn yr holl flynyddoedd ers iddo ddechrau ar ei gwest, ni chafodd erioed gymaint o newydd da yn yr un gwynt.

"Henffych, Maredudd ab Einion. Newyddion o lawenydd mawr yn wir!"

"F'arglwydd, mae gen i newyddion gwell byth i ti. Gyda dy ganiatâd . . ."

Edrychodd Gruffudd o gwmpas y garfan fach o gefnogwyr ffyddlon a gweld bod pawb yn gwenu'n braf. Chwarddodd y brenin yn nerfus braidd gan guro'i ddwylo uwch ei ben. Trodd yn ôl at Maredudd:

"Ar bob cyfri, ddyn ifanc! Ymlaen â'r hanes! Mae hyn yn fendigedig!" meddai gan guro Maredudd ar ei ysgwydd yn gyfeillgar. Bu bron i Maredudd, nad oedd yn dal iawn, gael ei lorio gan yr ergyd!

"F'arglwydd, rhaid i chi hwylio gyda thoriad y wawr yfory i Nefyn ym Mhen Llŷn. Yn y fan honno, mae llu o uchelwyr o bob cantref a chwmwd – o Lŷn ac Eifionydd, o Ardudwy ac o Arfon, o Ynys Môn ac o gantref Rhos a Dyffryn Clwyd yng Ngwynedd Is-Gonwy – yn barod i ymuno â chi i ddwyn y maen i'r wal ac i sicrhau ein buddugoliaeth dros y Norman unwaith ac am byth."

"Newyddion ardderchog! Cwbl ardderchog!"

Gwenodd Maredudd, yn ymddiheuro, yn amlwg heb eto orffen ei adroddiad.

"Be? Mae rhagor?"

"Oes, f'arglwydd."

Â golwg syfrdan ar ei wyneb, chwifiodd Gruffudd ei law i roi rhwydd hynt i Maredudd ddweud ei ddweud.

"F'arglwydd, nid yng Ngwynedd a gogledd Cymru'n unig mae ysbryd gwrthryfel wedi tanio. Mae troseddau'r Normaniaid yn erbyn ein pobl wedi creithio pob rhan o Gymru; erbyn hyn ym mhob cwr y mae corwynt dialgar yn chwythu gan greu hafog ymysg y rhai sy'n meiddio dwyn ein gwlad a'n hetifeddiaeth oddi arnom ni. Braf ydi cael adrodd bod cestyll yr estroniaid yn wenfflam ledled Ceredigion a'r Deheubarth yn ogystal ag yma yng

Ngwynedd . . ."

Chafodd Maredudd ddim cyfle i ddweud rhagor. Roedd Gruffudd wedi cydio ynddo fel arth fawr gan ddawnsio rownd a rownd, gyda Maredudd druan yn ddoli glwt yn ei afael. Oni bai i un o'i wŷr ei rwystro roedd perygl y byddai'r brenin wedi dawnsio dros y dibyn uwchben yr hafan lle'r oedd llongau Gothri bellach yn lledu'u hwyliau gan lithro fesul un i lwydni'r cyfnos.

Bu dathlu mawr ar ynysoedd unig y Moelrhoniaid y noson honno – chwerthin a gweiddi, cerddoriaeth y crwth, telyn a thympan yn gymysg ag ubain y morloi a chri'r miloedd o adar a nythai ar y creigiau – wrth i Gruffudd ddathlu troad y llanw o'i blaid o'r diwedd ar ôl ugain mlynedd o ymdrechu diflino ac unplyg ar ei ran.

Roedd yn ymddangos fel pe bai Cymru gyfan ar fin ymysgwyd yn rhydd o gadwyni Huw Flaidd a'i debyg ac yn dechrau ar ei thaith hir tuag at ennill annibyniaeth i'r genedl gyfan.

Drannoeth codwyd yr hwyliau gyda'r bwriad o groesi draw i Nefyn ond, wrth i long Gruffudd ddod allan o gysgod y Moelrhoniaid, gwelwyd llong arall yn y pellter, fel chwilen fach yn dowcio i fyny ac i lawr ar y tonnau.

"O ble mae honna wedi dod?" holodd Gruffudd gan straenio i sadio'i lygaid gwan ar y smotyn bach ar y gorwel.

"O Gaer, debyg iawn," meddai un o uchelwyr Môn wrth ei ochr.

"Beth yw ei phwrpas yma?"

"Ceisio dod â nwyddau i'r Normaniaid yn eu cestyll ar Ynys Môn."

"Ar ei hôl hi! I'r gwaelod â hi a'i chriw!"

"Ond f'arglwydd Gruffudd," mentrodd Maredudd ap Einion yn bryderus braidd. "Mae'n rhaid i ni fod yn Nefyn erbyn iddi nosi. Mae holl uchelwyr Gwynedd yn ein disgwyl yno."

"Mi gân nhw ddisgwyl, felly!" ffrwydrodd Gruffudd. "Rydw i wedi bod yn disgwyl am eu cefnogaeth nhw'n hen ddigon hir! Dwi wedi fy ngham-drin ganddyn nhw bob siâp! Fy mradychu ganddyn nhw! Dwi'n aros amdanyn nhw ers ugain mlynedd!"

Dechreuodd rhai o'i gefnogwyr anesmwytho, ond doedd neb yn meiddio rhoi cynnig ar ei dawelu.

"Newidia gwrs y llong! Reit gyflym rŵan!"

Yn anfoddog, trodd y capten ben blaen y llong i gyfeiriad y môr agored.

Yn fuan iawn, daliwyd y llong arall. Bu'r frwydr yn fer ac yn waedlyd iawn. Fel arfer, Gruffudd oedd y cyntaf i fyrddio llong y gelyn. Dim ond llond dwrn o filwyr Normanaidd oedd yn ei gwarchod. Saeson oedd y criw, ac roedd y llong yn llawn nwyddau ar eu ffordd i'r lluoedd a oedd dan warchae ym Môn.

Gan ddwyn yr hyn a fedrent o'r nwyddau i'w llong eu hunain, aeth dynion Gruffudd ati i ladd y criw a'r milwyr nad oedd wedi syrthio yn y frwydr drwy eu gwthio i'r môr. Suddai'r milwyr yn eu harfwisg yn syth; ymbalfalai'r lleill yn wyllt am ychydig dan weiddi a thagu cyn iddynt hwythau hefyd ddiflannu dan wyneb y dŵr.

Yna rhoddwyd y llong a gweddill ei chargo ar dân a hwyliodd Gruffudd yn ôl i ynysoedd y Moelrhoniaid lle bu noson arall o ddathlu – mwy o gerddoriaeth a gloddesta ar y cig a'r gwin a gafwyd o'r llong anffodus o Gaer oedd bellach yn gorwedd ar waelod Môr Iwerddon.

Fore trannoeth, roedd Gruffudd fel y gog o doriad y wawr, er bod y rhan fwyaf o'i ddynion yn dioddef yn sgil y gormodedd o win roeddent wedi'i yfed y noson cynt. Safai Gruffudd hyd at ei bennau gliniau yn y môr ger y traeth yn bloeddio nerth esgyrn ei ben ar bawb i dynnu'u hewinedd o'r blew achos mai heddiw fyddai'r diwrnod pwysicaf yn hanes Gwynedd ers dyddiau Maelgwn Gwynedd a Chunedda.

Digon tawedog oedd pawb, heb fawr o awydd dadlau.

Cawsant daith rwydd dros y don o Fôn i Nefyn lle'r oedd pethau'n union fel yr oedd Maredudd wedi'u haddo.

Mewn cae yn Nefyn daeth degau o uchelwyr Gwynedd a'u 'teuluoedd' – sef eu dilynwyr agosaf – a llu mawr o filwyr ynghyd i dalu gwrogaeth i Gruffudd.

Yn y pen draw, doedd colli diwrnod ddim fel pe bai wedi gwneud fawr o wahaniaeth i drefn pethau. Digon hwyr yn cyrraedd Nefyn oedd llawer o'r uchelwyr – pob un yn llawn hanes rhyw ymosodiad ar gastell Normanaidd ar eu ffordd. Roedd pawb yn ysu i gael symud ymlaen er mwyn dwyn y maen i'r wal.

Gyda'r fath luoedd o dan ei reolaeth, teimlai Gruffudd yn hen ddigon cryf i ddychwelyd i Ynys Môn ac i ailafael yn y frwydr i sgubo'r Normaniaid o'r ynys. Byddai rheoli Môn yn rhoi mantais fawr iddo. Môn oedd basged fara Eryri. Roedd Môn yn allweddol i unrhyw ymgais i sicrhau coron Gwynedd gyfan.

Ond doedd y Normaniaid ddim yn mynd i ildio'r ynys yn rhwydd chwaith. Roeddent yn ymladdwyr dewr a dygn, a bu colledion y Cymry'n drwm. Hyd yn oed ar ôl i gastell Aberlleiniog syrthio ac i stiward y castell a chant ac ugain o'i ddynion gael eu lladd, daliai'r milwyr Normanaidd i beri problemau mawr i fyddinoedd Gruffudd.

Ar ddiwedd un frwydr dyma Gruffudd yn derbyn y newydd trist bod telynor y llys, Cellan, wedi'i ladd. Roedd hon yn ergyd drom i Gruffudd. Roedd Cellan ac yntau'n ffrindiau bore oes yn Iwerddon ac roedd y telynor wedi dysgu rhywfaint o'i grefft iddo dros y blynyddoedd. Anodd credu bod y dyn llawn asbri y bu'i gerddoriaeth yn atseinio yn erbyn creigiau Ynysoedd y Moelrhoniaid dim ond ychydig yn ôl, bellach yn gorff oer ar faes y gad.

A'r newyddion yn dod mor fuan ar ôl yr holl ddathlu, roedd colli Cellan yn drech na Gruffudd braidd ac effeithiodd ar ei hyder. Roedd rhagor o helyntion yn

Iwerddon a'r ynysoedd yn cymhlethu'i sefyllfa ymhellach.

Roedd y Cymry wedi llwyddo ledled y wlad i ddangos i'r Normaniaid nad oeddent yn mynd i dderbyn eu cam-drin na'u llywodraethu ganddynt mwyach. Roeddent hefyd wedi gorlifo dros y ffin ac ymosod yn ffyrnig ar ganolfannau Normanaidd yn Swydd Gaer, Swydd Amwythig a Swydd Henffordd gan ladd llawer iawn o bobl wrth ddial am holl droseddau'r Normaniaid yng Nghymru.

Ond llanw a thrai oedd hi. Doedd y Normaniaid chwaith ddim yn mynd i ddioddef cael eu trechu gan bobl roeddent yn eu hystyried yn hollol farbaraidd.

O ffenest ei bencadlys yn Aberffraw, edrychai Gruffudd draw tua mynyddoedd Eryri. Ochneidiodd a thynnu'i law dros ei dalcen a'i lygaid.

Oedd, roedd ei sefyllfa yng Ngwynedd yn gryfach. Ond roedd o ymhell o gyrraedd ei nod ac roedd rhagor o newyddion drwg wedi cyrraedd gan ei ysbïwyr. Roedd Gwilym Gleddyf Hir – Gwilym Goch – brenin Lloegr, wedi dychwelyd o'r Normandi a'i fryd ar roi trefn ar y Cymry unwaith ac am byth.

Yn sydyn, teimlai Gruffudd yn unig iawn.

14.

Hanes Idw a Gwenffrwd

Digon unig oedd Idw bellach hefyd. Ar ôl holl gyffro ac ofn y misoedd diwethaf, teimlai erbyn hyn wedi blino ac roedd yn dyheu am fod adref yn yr efail, yn pedoli merlod ac yn trwsio ambell arad, yn hytrach na bod yng nghanol brwydrau creulon y gwrthryfel.

Ond roedd yr efail bellach yn ddim ond adfail myglyd a'r pentre wedi'i ddileu oddi ar wyneb y ddaear.

Roedd Idw wedi ufuddhau i gais Maredudd ab Einion iddo ddechrau gwneud arfau yn barod i'r gwrthryfel. Mewn twll yn y ddaear o dan sawl hen eingion trwm, roedd wedi pentyrru cleddyfau, gwaywffyn, helmau ac eitemau eraill.

Wedyn un noson dywyll roedd Maredudd ac ugain o ddynion wedi cyrraedd yr efail i gasglu'r arfau.

"Mae'r awr wedi dod, Idwal fab Ieuan," meddai Maredudd gan edrych yn ddwfn i lygaid Idwal. "Wrth i'r lleuad godi, mi fydd Gwenffrwd yn agor y drws bach dan y mur i ni. Ychydig iawn o ddynion sydd yn y castell ar hyn o bryd. Mae'r gelyn yn denau iawn ar y ddaear ar ôl buddugoliaeth Cadwgan ap Bleddyn yng Nghoed Ysbwys."

Heb ddweud yr un gair, aeth Idw ati i symud yr eingionau trymion a'r trawstiau pren a guddiai'r twll yn y ddaear. Neidiodd i lawr iddo a dechrau rhoi'r arfau yn nwylo eiddgar dynion Maredudd.

Cyn bo hir roedd y gwaith wedi'i orffen ac aeth Idw i ailosod y trawstiau a'r hen offer dros y guddfan danddaearol.

Roedd dynion Maredudd yn edmygu crefftwaith y cleddyfau.

"Rwyt ti'n of heb ei ail, Idwal fab Ieuan. Wyt ti'n dod hefo ni heno?"

Amneidiodd Idwal. Doedd dim awydd ymladd arno, ond gwyddai nad oedd ganddo ddewis. Doedd dim awydd arno chwaith i fyw am weddill ei oes o dan bawen y Norman. Ar ben hynny, ni allai adael Gwenffrwd ar ei phen ei hun yn y fenter yma. Fyddai fo byth yn gallu maddau iddo'i hun pe bai rhywbeth yn digwydd iddi ac yntau heb godi ei fys bach i'w helpu.

Aeth yr ymosodiad yn union yn ôl y cynllun. Roedd Gwenffrwd wrth y drws bach i'w croesawu. Roedd yn dywyll iawn o dan gysgod mur y castell ac ni fedrai hi weld wynebau'r dynion wrth iddynt fynd heibio iddi.

"Henffych, fy chwaer!" meddai Idw'n ddireidus bron wrth lithro ar ôl y lleill.

"Idw!" ond roedd Idw wedi symud ymlaen.

Aethant ar ras trwy dwneli tywyll ac wedyn rhuthro'r gwarchodwyr cyn iddynt sylweddoli beth oedd yn digwydd. Gobeithiai Idw na fyddai'n rhaid iddo ymladd go-iawn. Am un rheswm nid oedd wedi ymarfer defnyddio cleddyf ers blynyddoedd maith – ers ei gyfnod yn llys Gruffudd ap Cynan, a'r adeg honno roedd Gofi wedi gwneud cleddyf oedd yn addas i lanc ei oedran ef, heb fod mor drwm â chleddyfau gweddill y dynion. Roedd y cleddyf oedd ganddo heno gymaint yn drymach – ac er bod natur ei waith fel gof yn golygu nad oedd pwysau'n broblem, roedd yn amau na fyddai ganddo fawr o glem ynglŷn â sut i'w ddefnyddio'n effeithiol.

Yn sydyn, cafodd ei fod yn gorfod ymladd am ei fywyd. Roedd dyn cydnerth yn sefyll o'i flaen yn y gwyll yn dal cleddyf nobl ac yn ei drin fel pe bai'n bluen.

"Tyrd i gwrdd â dy Greawdwr, y Cymro bach taeog," heriai'r cawr, a daeth llafn y cleddyf i lawr gan fwrw'r wal fodfeddi'n unig oddi wrth ben Idw, gyda'r gwreichion yn tasgu yn y tywyllwch wrth i'r dur daro yn erbyn y garreg.

Y tu ôl iddo, gallai Idw glywed sŵn y frwydr rhwng gweddill y dynion a gwarchodwyr estron Deganwy. Roedd tanau eisoes wedi'u cynnau a'r fflamau'n taflu golau ar yr olygfa ffyrnig.

Yn y golau fflamgoch yma, gwelai Idw mai marchog oedd y dyn oedd wedi hanner gwisgo'i arfwisg. Roedd wyneb cryf ganddo a chraith hir yn rhedeg o'i drwyn i'w dalcen ar yr ochr chwith. Gwenai'n filain ar Idw, gan ddangos llond ceg o ddannedd maluriedig; roedd yn amlwg yn mwynhau'r ymladd ac yn ffyddiog na fyddai Idw'n achosi fawr o drafferth iddo.

Cododd Idw'i gleddyf yn lletchwith i atal ergyd arall gan y Ffrancwr rhag hollti'i benglog, a gwyliai mewn braw wrth i'w arf rywsut chwyrlïo o'i afael trwy'r awyr a glanio ar y llawr lathenni i ffwrdd.

Chwarddodd y marchog yn fuddugoliaethus gan godi'i gleddyf yn uchel drachefn. Daeth ei fraich i lawr, ond yn lle llorio'r Cymro ag un ergyd derfynol gwelodd fod ei fraich yn cael ei dal hanner y ffordd gan Idw ac, yn wir, ei fod yn cael ei wthio'n ôl. Golygai blynyddoedd o waith caled yn yr efail fod Idw ymhlith y dynion cryfaf yn y fro – fel yr oedd y marchog Normanaidd ar fin darganfod er gwaeth.

Llwyddodd Idw i wthio'r fraich a ddaliai'r cleddyf yn ôl ac yn ôl nes bod y Norman yn gorfod plygu ar ei bennau gliniau a gollwng ei afael arno'n gyfan gwbl. Bu ras wyllt wedyn wrth iddynt ill dau ymbalfalu am eu cleddyfau yn y tywyllwch. Idw enillodd y ras o drwch blewyn. Chwibanodd llafn ei gleddyf trwy'r awyr, a holl rym cyhyrau'r gof y tu ôl i'r ergyd – a dyna lle y gorweddai pen y marchog yn y llaid a'r gwaed yn pistyllu dros bob man.

Erbyn hyn roedd y Cymry wedi gorchfygu gwarchodwyr y castell ac wrthi'n malu neu'n rhoi popeth na fedrent eu cario oddi yno ar dân. Daeth Maredudd at Idw â gwên fawr ar ei wyneb er bod clwy mawr gwaedlyd ar ei dalcen.

"Hawdd, yn doedd?"

Nid atebodd Idw.

"Gest ti un ohonyn nhw, felly!"

Gafaelodd ym mhen y marchog gerfydd ei wallt hir, a syllu ar yr wyneb.

"Myn asen i! Bernard de Wal!"

Pan glywodd Idw'r enw edrychodd eilwaith ar y gwrthrych erchyll a ddaliai Maredudd yn ei law.

"Wyt ti'n siŵr?"

"Hollol siŵr, gyfaill. Weli di'r graith yma? Fy nhad roddodd honna iddo fo – dros ugain mlynedd yn ôl. Bu'n lwcus yr adag honno. Ond dim heno. Mae o yng nghwmni Satan erbyn hyn, yn siŵr i ti."

Lluchiodd Maredudd y pen i domen sbwriel gerllaw dan gysgod un o'r tyrrau a mynd yn ôl at oruchwylio'r llosgi.

Anadlodd Idw'n ddwfn. Teimlai ychydig yn well o gael gwybod pwy oedd newydd ei ladd. Byddai Gwenffrwd yn falch.

Ac ar y gair, dyma Gwenffrwd yn rhuthro ato, ei gwynt yn ei dwrn.

"Rwyt ti wedi'i ladd o! Dywedodd Maredudd wrtha i. Mae o wedi'i ladd. O, diolch, Idw! Diolch! Diolch! Lle mae o?"

"Fan yma mae'i gorff o. Mae'i ben o fan draw yn rhywle." Taflodd Gwenffrwd ei breichiau amdano.

"Daeth dial ar ei ben o! O'r diwedd. Rydan ni wedi dial am farwolaeth ein hannwyl fam faeth. O, Idw, ti'n wlyb i gyd!"

A dyna pryd sylweddolodd Idw fod gwaed y marchog wedi tasgu drosto a bod ei siercyn a'i glogyn yn diferu. Yng ngolau'r fflamau cododd ei ddwylo a gweld bod y rheini hefyd yn goch gloyw. Caeodd ei lygaid am ennyd cyn cilio i'r cysgodion.

Yn anffodus i'r Cymry a ymosododd ar y castell, wrth iddynt ymadael â Deganwy a fflamau'n saethu i'r awyr wrth i'r wawr ddechrau torri i'r dwyrain, dyma nhw'n baglu'n syth i ganol llu mawr o Normaniaid oedd yn rhuthro draw i helpu'u cydwladwyr yn Neganwy a'r rheini'n flin gacwn.

Cafodd y Cymry eu herlid yn ôl i bentre Idw a Gwenffrwd a bu'n rhaid iddynt ddianc am eu bywydau gan adael y lle i ffaglau'r Normaniaid. Cyn bo hir roedd y cytiau bach, yr efail a phob dim arall yn fflamio yn yr un modd â chastell Deganwy ei hun.

Am dridiau bu'n rhaid iddynt ffoi; roedd pawb yn ymrannu o flaen yr helgwn Normanaidd gan guddio mewn grwpiau bach yn y mynyddoedd a'r fforestydd. Ond doedd yr ardal ddim yn ddiogel i'r Normaniaid chwaith. Roedd digon o Gymry rhyfelgar a llawn hyder o gwmpas yn ysu am ymladd â'u gelynion.

Yng nghyffiniau Bangor, daeth Maredudd, Gwenffrwd ac Idw i gysylltiad â gosgordd uchelwr o'r cylch. Bu'r dynion hyn yn sôn wrthynt am laniad Gruffudd ap Cynan yn Ynys Môn. Roedd hyn yn newydd o lawenydd mawr i Maredudd. Mynnodd weld yr uchelwr a hebryngwyd y tri i'w lys yn edrych dros afon Menai. Ar Ynys Môn ei hun gallent weld tanau o sawl man yn codi i'r awyr.

Tra arhosent i Maredudd ddychwelyd o'i gyfarfod gyda'r uchelwr, cafodd Idw gyfle i siarad â'i chwaer. Roedd golwg boenus ar ei hwyneb. Roedd ei hamser i gael y babi bron wedi cyrraedd.

"Wyt ti'n iawn, Gwenffrwd?"

"Iawn. Ychydig yn anghyfforddus. Dyna i gyd. Ond dwi mor hapus!"

"Hapus? Sut?"

"Mae'r Normaniaid yn cael eu trechu ym ymhobman. Mae'u cestyll i gyd yn wenfflam," meddai gan bwyntio at y fflamau'n neidio yn y tywyllwch yr ochr draw i'r Fenai.

"Ydyn, a'n cartrefi ni hefyd, cofia," meddai Idw braidd

yn ddiamynedd.

"Ond daw Gruffudd ap Cynan cyn bo hir; bydd o'n teyrnasu'n deg droston ni i gyd a fydd ein cartrefi byth mewn perygl eto."

O flaen llygaid Idw fflachiodd atgof o Arwystli ugain mlynedd yn ôl.

"Gobeithio dy fod ti'n iawn, Gwenffrwd – er mwyn dy blentyn. Fyswn i ddim yn hoffi'i weld o'n gorfod ymladd yn ddi-baid drwy gydol ei fywyd."

"Falla mai merch fydd hi. Ta waeth, os mai hogyn ydi o dyna fydd ei ddyletswydd, os oes raid."

Ochneidiodd Idw a thynnu'i glogyn yn dynnach amdano. Dychrynodd wrth deimlo'r gwaed wedi'i geulo a oedd yn dal i fod yn blastr dros y defnydd garw.

'Sgwn i beth ddaw ohonom yn awr, meddyliodd. Yn ôl at Gruffudd ap Cynan? Gweld Gofi eto, efallai? Go brin, beth fyddai oedran Gofi erbyn hyn? Dim syniad. Ond henwr fyddai o os oedd o'n dal ar dir y byw.

Syrthiodd i gwsg anesmwyth yn llawn breuddwydion lle'r oedd mewn cwch bach yng nghanol afon niwlog. Edrychodd i lawr a gweld bod lliw'r dŵr yn goch.

Deffrôdd wrth i awel y bore gario oglau'r llosgi o'r ochr draw i'r Fenai i'w ffroenau.

15.

Gwenffrwd yn gadael am Iwerddon

Doedd Idw ddim wedi bod ar Ynysoedd y Moelrhoniaid o'r blaen, ond roedd yn cofio Gofi'n sôn amdanynt fel llefydd unig a diffaith a dim ond sŵn y môr a'r adar i'w glywed trwy'r dydd a thrwy'r nos.

Roeddent ill tri – Gwenffrwd, Idw a Maredudd – wedi glanio ar yr ynys wrth i ddynion Ynys Manaw baratoi i ymadael. Roeddent wedi perswadio pysgotwr ar y glannau i fynd â nhw draw ar ôl cyrraedd Ynys Môn lle sylweddolon nhw bod lluoedd Gruffudd eisoes wedi cilio oddi yno.

Prin bod dynion Manaw yn cymryd sylw o'u cwch bach nhw wrth agosáu at lan y Moelrhoniaid, a hwythau'n paratoi'n brysur i godi'u hwyliau, ond o weld y llongau Llychlynnaidd – llongau'r ddraig – unwaith eto, aeth ias trwy gorff Idw.

"Rydan ni'n rhy hwyr," meddai Gwenffrwd. "Maen nhw'n paratoi i fynd."

"Na, mae yna ddynion ar ben y graig o hyd. Yr Arglwydd Gruffudd ydi hwnna, siŵr i chi," meddai Maredudd yn bustachu ar ei draed gan beri i'r cwch siglo'n beryglus.

"'Stedda, y gwirion, yn enw popeth Sanctaidd!" gwaeddodd y pysgotwr heb boeni mai siarad ag uchelwr oedd o.

Daeth sawl marchog a milwr i lawr i'r traeth caregog i'w croesawu. Digon llugoer a drwgdybus oedd yr ymateb ar y dechrau, ond wedyn roedd un o'r dynion wedi nabod

Maredudd a llaciodd y tyndra. Pan ddechreuodd Maredudd sôn am hynt llwyddiannus y gwrthryfel ar y tir mawr, bu gwenu a churo cefnau mawr ar bob tu.

Aeth Maredudd i siarad â Gruffudd ar ben y graig gan adael Idw a Gwenffrwd ar eu pennau eu hunain ar y traeth yn edrych yn hurt braidd o'u cwmpas.

Buont yn eistedd mewn tawelwch am ychydig yn gwylio'r llongau'n cael eu llyncu fesul un gan y niwl. Ar ôl sbel sylwodd Idw fod ei chwaer yn crynu oherwydd yr oerfel.

"Rhaid i ti gael cynhesu. Ty'd. Mae 'na fwg yn codi o'r tu ôl i'r creigiau fan acw."

Dyma nhw'n dringo dros y creigiau nes cael hyd i grŵp o ddynion – yn Wyddelod a Chymry – yn swatio'n ddigalon braidd o gwmpas tân digon pitw. Wnaeth neb symud rhyw lawer wrth i Idw a Gwenffrwd ymddangos o gwmpas congl y graig a bu'n rhaid i Idw ofyn iddynt wneud lle i Gwenffrwd.

"Henffych, frodyr. A wnewch chi le wrth y tân i'm chwaer gael cynhesu rhyw ychydig?"

Edrychodd y dynion arnynt yn amheus. Wedyn, gwelsant gyflwr Gwenffrwd a newidiodd eu hagwedd a gwnaethon nhw le iddi hi a'i brawd.

Ar ôl tipyn dechreuodd y dynion eu holi ynglŷn â'u taith, eu hanes a phwrpas eu siwrnai. O'r diwedd, dyma Idw'n gofyn y cwestiwn roedd yn awyddus i'w ofyn ers glanio.

"Oes rhywun yn nabod Gofan, gof llys Gruffudd ap Cynan?"

Oedd, roedd pawb yn nabod Gofan.

"Ydi o hefo chi?"

Chwarddodd rhai o'r criw.

"Nac ydi, 'ngwas i," meddai un o'r Cymry, pwtyn o ddyn pryd tywyll a dau fys ar goll o'i law dde. "Mae Gofi'n hen iawn erbyn hyn a chryd y cymalau'n effeithio'n arw arno, cr'adur. Sut wyt ti'n ei nabod o, felly?"

Adroddodd Idw fersiwn o'r hanes heb sôn am sut roedd wedi ymadael â'i wasanaeth mor ddisymwth.

"Cei di ddod yn ôl i Iwerddon hefo ni rŵan a'i weld o drostat dy hun. Mi fydd o'n cwyno byth a beunydd nad oes neb yn dod i'w weld o y dyddiau hyn."

"I Iwerddon fyddwch chi'n mynd?"

"Siŵr o fod i chi. Yr un hen stori, yntê? Draw i Gymru am bach o gwffas. Cael ein trechu neu'n bradychu ac yn ôl i Ddulyn wedyn am flwyddyn neu ddwy cyn i ryw frenin o rywle gytuno i fenthyg llongau i ni. Dwi wedi colli cownt sawl gwaith dwi wedi croesi'r môr 'ma!"

Ystyriodd Idw. Doedd ganddo ddim awydd mynd yn ôl i Iwerddon, ond o leiaf y byddai pethau'n well i Gwenffrwd fan'na – ac mi fyddai'n braf cael gweld Gofi unwaith eto, cyn iddo farw.

Ond nid i Iwerddon yr aethon nhw, wrth gwrs. Drannoeth roedd llong Gruffudd wedi gadael am Ben Llŷn ac wedyn wedi newid cwrs i ymosod ar y llong Normanaidd o Gaer.

Aeth cryndod trwy Idw wrth gofio'r golygfeydd erchyll ar y môr y diwrnod hwnnw. Y morwyr truenus yn boddi o flaen ei lygaid. Daliai i fedru clywed eu gweiddi, yn ymbil am drugaredd, yn galw ar Dduw i'w hachub.

Hwylio i Lŷn wedyn a gweld yr holl luoedd yn dod at ei gilydd mewn cae yn Nefyn. Doedd Idw erioed wedi gweld cymaint o Gymry'n dod at ei gilydd mewn un fyddin gref. Roedd yn olygfa gyffrous a gallai weld bod Gruffudd ar ben ei ddigon.

Gallai deimlo rhyw addewid yn yr awyr. Addewid dyddiau gwell yng Ngwynedd.

Yn Nefyn, cawsant hyd i long oedd yn hwylio i Iwerddon a gadawyd Gwenffrwd yng nghwmni uchelwr Gwyddelig, ffrind i Maredudd, a oedd yn gorfod dychwelyd i wasanaethu'i arglwydd yn Iwerddon.

Byddai Idw wedi hoffi mynd â'i chwaer gydag ef ond

gwyddai nad oedd ganddo ddewis ond aros i wasanaethu. Byw ar y gwynt oedd o ar hyn o bryd oni bai am nawdd a charedigrwydd Maredudd ab Einion, heb ddim byd i'w enw. Roedd yr efail a'i holl gêr gartref wedi mynd, a'r unig beth oedd ganddo oedd ei grefft. O leiaf roedd bob amser ddigon o alw am honno.

Efallai mai gwell fyddai ymuno â lluoedd Gruffudd am y tro. O leiaf roedd yna obaith y tro yma y byddai Gruffudd yn drech na'i elynion. Ar ôl hynny, o bosib y deuai heddwch a sefydlogrwydd unwaith eto.

Teimlai'n anghyfforddus iawn yn gadael ei chwaer ar ei phen ei hun ar fwrdd y llong nwyddau fechan i groesi ar fordaith a allai fod mor beryglus, ond roedd Maredudd yn bendant o'r farn y byddai hi'n fwy diogel yn Iwerddon na Chymru am y tro. Roedd yna ddwy ferch arall ar y llong, un ohonynt yn perthyn i Maredudd o bell, felly roedd hynny'n rhywfaint o gysur.

Wrth ffarwelio â'i chwaer, meddai Idw, "Mi fydda i'n ceisio dod draw atat ti cyn gynted ag y medra i, ond os eith pethau'n anodd, hola am Gofan, gof Gruffudd ap Cynan. Un garw ydi o, ond mi wn y medri di ymddiried ynddo. Dwed wrtho mai fi ydi dy frawd di."

Ddywedodd Gwenffrwd yr un gair. Roedd hi o dan deimlad ond yn ceisio ymddangos yn ddewr o flaen y gwragedd dieithr ar y llong.

"Fydd hi ddim yn hir, Gwenffrwd. Daw Gruffudd yn frenin ar Wynedd a bydd y byd yn dod yn ôl ar ei echel eto."

Cofleidiodd ei chwaer a gadawodd Idwal y llong fach heb edrych yn ôl.

16.

Angharad ferch Owain

... ac oherwydd bod pethau weithiau'n rhwydd ac weithiau'n anodd i Gruffudd, cymerodd wraig, Angharad ... yn ddoeth a chall ac yn gynghorwraig dda ...

Hanes Gruffudd ap Cynan

Pan soniodd Gruffudd wrth un o'i gynghorwyr ei fod weithiau'n teimlo'i gyfrifoldebau fel pwysau'r byd ar ei ysgwyddau, a'i fod yn teimlo'n bur unig ar brydiau, ystyriodd y cynghorydd am dipyn gan fwytho'i farf laes â'i law. O'r diwedd, meddai:

"Ga i fod mor hy ag awgrymu i ti, f'arglwydd, ei bod hi'n hen bryd i ti gael gwraig?"

"Gwraig?" Syndod yn hytrach nag anniddigrwydd oedd yn llais Gruffudd. Cododd ei ysgwyddau a cherdded at y ffenest gan edrych dros y wlad ac wedyn cerdded yn ôl at y cynghorydd.

"Ac wyt ti'n credu y basa hynny'n fuddiol?" gofynnodd mewn llais ychydig yn deneuach nag arfer.

"Yn ddi-os, f'arglwydd," atebodd y cynghorydd yn rhadlon. "Mae'n edrych yn fwyfwy tebyg y byddi di'n frenin ar Wynedd cyn bo hir ac mae'n bryd i ti feddwl am ddyfodol dy deyrnas – am fab, am etifedd."

"Ond mae gen i sawl plentyn yn barod. Tri neu bedwar o leiaf."

"Ond gyda phob dyledus barch, f'arglwydd, nid yw'r plant yma'n rhai cyfreithlon. Yng ngolwg y gyfraith does ganddyn nhw ddim hawl i etifeddu dy deyrnas na'th eiddo."

Edrychai Gruffudd fel pe bai mewn penbleth o hyd.

"Rhaid i ti gael plant o ganlyniad i lân briodas ac uniad sanctaidd gerbron Duw'r Hollalluog," aeth y cynghorydd yn ei flaen gan droedio'n ofalus. Gwyddai o hir brofiad y gallai gwrychyn Gruffudd godi ar amrantiad o gael ei bechu neu os nad oedd o eisiau deall pethau'n iawn.

Yn araf deg a phob yn dipyn byddai ei gynghorwyr yn hau syniad newydd ym meddwl Gruffudd. Ond unwaith i'r syniad hwnnw fwrw gwreiddyn, ni fyddai unrhyw sôn am droi'n ôl nes i'r maen gael ei ddwyn i'r wal.

"Ond ble ga i wraig? Does gen i ddim amser i chwilio am neb, nag oes?"

"Gadewch bopeth i mi, f'arglwydd."

Gwenodd y cynghorydd yn slei bach wrth adael yr ystafell. Bu perswadio Gruffudd i gymryd gwraig yn destun siarad ymhlith ei gynghorwyr yn aml yn ddiweddar ond doedd neb yn hollol siŵr sut i godi'r pwnc gyda Gruffudd ei hun.

Roedd rhywun arbennig ganddynt dan sylw ers tro. Angharad ferch Owain ab Edwin o Degeingl yng ngogledd ddwyrain y wlad. Bu ei thad yn un o'r cefnogwyr mwyaf brwd i'r gwrthryfel yn erbyn y cestyll estron. Yn ôl y sôn, roedd Angharad, er ei bod tua hanner oedran Gruffudd, yn ddynes gref iawn yn gorfforol ac yn feddyliol.

Roedd Gruffudd wrth ei fodd â'i wraig newydd. Yn ogystal â bod yn hardd ac yn lluniaidd gyda choesau hir a gosgeiddig, roedd Gruffudd hefyd wrth ei fodd â'i hymarweddiad urddasol ond agos-atoch. Ond yn bennaf roedd wedi dotio at ei chwmnïaeth a'i gallu i gynnig cyngor craff ar bob problem.

Mor braf oedd cael trafod y pethau oedd yn ei boeni â rhywun heblaw am ei gynghorwyr. Ar y dechrau, byddai Gruffudd yn colli'i dymer yn aml yn ei chwmni, ac yn siarad yn gas iawn wrthi. Ond un gadarn a di-lol oedd Angharad, heb arni ofn yr un dyn byw, a phan fyddai Gruffudd yn dwrdio, byddai hi'n ymateb yn ddigynnwrf gan lwyddo i ddod ag o i lawr o ben ei gaetsh a'i helpu i weld y ffordd ymlaen yn gliriach heb i ryw niwlen goch ddod dros ei feddwl o hyd.

Dros y blynyddoedd rhoddodd enedigaeth i dri o feibion – Cadwallon, Owain a Cadwaladr – a phedair o ferched, sef Gwenllian, Margiad, Rhannillt a Siwsanna. Byddai Gwenllian yn dilyn ôl troed ei thad fel arweinyddes ryfelgar ac eofn. Hi oedd mam yr Arglwydd Rhys – un o dywysogion enwocaf a phwysicaf y Deheubarth a hanes Cymru'n gyffredinol, a chafodd hi ei lladd yn arwain byddin yn erbyn y Normaniaid yn nhref Cydweli yn y flwyddyn 1136 mewn man sy'n cael ei alw hyd heddiw yn Faes Gwenllian.

Nid Gruffudd oedd yr unig un i fod yn hapus hefo'r briodas ac effaith fuddiol y ddynes hynod yma ar ei gymeriad penboeth.

Gallai pawb oedd yn ei adnabod weld nad oedd mor ymfflamychol ag y byddai erstalwm ac yn fwy tueddol o bwyllo a chynllunio o flaen llaw yn hytrach na mynd ati fel tarw at y giât. Daliai i feddu ar yr un dyfalbarhad di-ildio, ond doedd ei agwedd ddim mor styfnig ag y byddai pan oedd yn iau – ac yn ddi-briod!

Âi Gruffudd yn fwy amyneddgar wrth iddo fynd yn hŷn – ac roedd angen amynedd arno, oherwydd, er gwaethaf ei lwyddiant a phoblogrwydd cynyddol yng Ngwynedd, roedd rhagor o droeon trwstan yn ei ddisgwyl a byddai'n rhaid iddo arfer pob gronyn o amynedd a phwyll a oedd ganddo cyn cyrraedd y nod.

17.

Gwilym Goch yn dysgu gwers . . .
a rhagor o frad!

*. . . Ac yn y cyfamser byddai Gruffudd a'i lu weithiau o
flaen y Normaniaid weithiau y tu ôl iddynt, weithiau ar y
dde ac weithiau ar y chwith fel nad oeddent yn medru
gwneud unrhyw niwed i'r deyrnas . . .*

Hanes Gruffudd ap Cynan

Ond er i Gruffudd gallio rhyw fymryn, roedd arno angen o
hyd yr holl gryfderau a'r dewrder di-gwestiwn a oedd
ganddo yn ei ieuenctid. Roedd y Normaniaid yn gandryll ar
ôl cael y fath gweir gan y Cymry ac yn benderfynol o
adennill y tir a gollwyd.

"Mi laddwn ni nhw i gyd. Mi wnawn ni ddileu'r bobol i
gyd. Mi ddinistriwn ni bopeth, hyd yn oed yr iaith maen
nhw'n ei siarad. Mi fyddan nhw'n difaru eu heneidiau bach
di-werth iddyn nhw geisio ein herio ni!"

Y Brenin Gwilym Goch – Gwilym Gleddyf Hir – oedd
biau'r geiriau hyn. Roedd newydd ddod yn ôl o Normandi
ac o ymladd gwrthryfel ymhlith ei farwniaid ei hun yn
Northumbria, a chlywed am y llanast oedd wedi digwydd
yng ngogledd Cymru.

Aeth ati'n syth i lansio sawl ymosodiad yn erbyn y
Cymry gan ddefnyddio byddinoedd mawr a phwerus, ond
er gwaethaf ei holl ymdrechion, chafodd o fawr o lwyddiant.

"Dwi'n cael hwyl am ei ben o," chwarddodd Gruffudd,
wrth iddo gerdded yng nghwmni Angharad yn yr ardd

berlysiau yn Aberffraw.

"Tybed?" meddai Angharad gan wasgu sbrigyn o rosmari rhwng bys a bawd.

"Does ganddo fo ddim clem sut i ymladd yng Nghymru. Dydi o ddim yn sylweddoli na fedrwch chi symud byddinoedd mawr yn y mynyddoedd yma a does byth digon o fwyd i'w gael i'w ddynion na'i geffylau. Mae o wedi colli cymaint o'i farchogion a ninnau heb golli cymaint ag un fuwch!"

"Mi ddysgith ei wers," meddai Angharad. "Daw o'n ei ôl, fe gei di weld."

"Na ddaw byth!" gwaeddodd Gruffudd dan chwerthin a thaflu'i freichiau am ysgwyddau'i wraig. "Mae o wedi rhoi tri chynnig arni'n barod. Does ganddo mo'r stumog i roi cynnig arall."

Llithrodd Angharad yn osgeiddig o'i afael gan gerdded oddi wrtho rhwng y llwyni lafant.

"Does ganddo fo ddim arian ar ôl," aeth Gruffudd yn ei flaen. "Mae'r holl firi yma wedi costio'n ddrud iawn iddo fo."

"Hm! Ond beth am yr ieirll – Caer, Amwythig a'r lleill? Dydyn nhw ddim yn mynd i adael llonydd i ti. Mae ganddyn nhw ormod i'w golli."

"Mi ddelia i â nhw yr un fath â'r hen Gleddyf Hir."

"Maen nhw'n fwy cyfrwys o lawer. Maen nhw'n gwbod sut i droi pennau'r Cymry hefo'u haddewidion o gyfoeth mawr. Rhaid i ti fod yn wyliadwrus ac yn barod amdanyn nhw."

Ac i ffwrdd â hi o'r ardd gan adael Gruffudd i gnoi cil dros ei chyngor.

Roedd hi yn llygad ei lle hefyd.

Doedd neb wedi dioddef yn waeth o ganlyniad i wrthryfel 1094 na Huw Flaidd ei hun. Nid yn unig roedd y Cymry wedi dinistrio'i holl gestyll yng Ngwynedd a mannau eraill, ond hefyd roeddent wedi anrheithio tiroedd cyfoethog Sir Gaer ei hun yn ogystal â sawl ardal arall dros y ffin gan ladd cannoedd o'i gyd-Normaniaid a Saeson.

Bu Huw allan o'r wlad sawl gwaith yn ystod y cyfnod hwn, heb gael cyfle i dalu'r pwyth i'w hen elyn, Gruffudd. Daeth hi'n amser dial.

Ymunodd Iarll Amwythig ag o er mwyn ei helpu. Roedd y ddau'n gyfarwydd â rhyfela yng Nghymru a thactegau'r Cymry, ond roedd Gruffudd yn weddol ffyddiog y byddai'r gynghrair rhwng lluoedd Gwynedd, Ceredigion a rhannau o Bowys yn gallu'u gwrthsefyll.

Pan ddaeth yr ergyd, fodd bynnag, roedd tro cas hollol annisgwyl yn ei chynffon.

"Beth ydi eu gêm fach? Dwed di wrtha i be sy'n mynd ymlaen, Angharad."

"Dwi ddim yn gwbod. Wir i ti, f'arglwydd. Dwi'n methu deall y peth."

Edrychai Angharad fel pe bai mewn rhyw boen meddwl ofnadwy, ei hwyneb tlws wedi'i grychu gan bryder ac olion dagrau'n amlwg ar ei bochau. Cerddai'n ôl ac ymlaen gan osgoi llygaid cyhuddgar ei gŵr.

"Ond, mi ddylet ti wybod, Angharad ferch Owain. Wedi'r cwbl, maen nhw'n frodyr i ti. Sut fedren nhw ein bradychu ni fel hyn?"

Doedd gan Angharad ddim syniad pam bod ei brodyr Owain ac Uchtryd – a fu mor frwd eu cefnogaeth i'r gwrthryfel yn erbyn y Normaniaid – wedi bod mor ddichellgar ag arwain y Normaniaid trwy amddiffynfeydd y Cymry gan roi rhwydd hynt iddynt ymosod yn ffyrnig ar deyrnas Gruffudd.

"O'r gorau," meddai Angharad o'r diwedd gan godi'i phen ac edrych yn syth i lygaid Gruffudd, "mae'n rhaid bod y Normaniaid wedi addo rhywbeth iddyn nhw na fedren nhw mo'i wrthod. Mae gan bawb eu pris, yn anffodus, a dydyn ni, y Cymry, ddim yn wahanol yn hynny o beth. Mae gen i'r cywilydd mwya o'r hyn sydd wedi digwydd. Dydyn nhw ddim yn frodyr i mi mwyach ac maen nhw'n haeddu popeth ddaw i'w rhan os byddi di fyth yn eu dal nhw."

"Mi ddylwn i dy ladd dithau hefyd gan mai dy dylwyth di ydyn nhw," sgrechiodd Gruffudd yn wyllt ac yn wirion gan ddyrnu'r wal.

Y cwbl wnaeth Angharad oedd edrych arno â'i llygaid diwyro nes bod Gruffudd yn troi i ffwrdd yn anghyfforddus, yn gwywo o dan ei hedrychiad llym.

"Damia chdi, ddynes!" ysgyrnygodd yn lletchwith.

Daliai Angharad i edrych arno.

"Iawn, iawn . . ." meddai Gruffudd o'r diwedd. "Roedd dweud hynna'n anfaddeuol. Dwi'n difaru fy enaid am awgrymu'r ffasiwn beth . . . ond pwy fedra i ymddiried ynddyn nhw yn y byd 'ma?"

Gollyngodd Angharad ei gwg dan wenu'n gynnil. Aeth at ei gŵr a rhoi'i breichiau am ei wddf.

"Mi fedri di ymddiried ynof i, f'arglwydd. Nid fy mrodyr ydw i. Dynion ydyn nhw, beth bynnag – a does yr un dyn o gig a gwaed a all wrthsefyll temtasiwn o unrhyw fath. Hen bethau bach gwan ydi dynion," meddai'n chwareus.

Edrychodd Gruffudd arni, ei ddicter wedi cilio'n llwyr.

"Pe bai gen i fyddin o ddynion tebyg i ti . . ." ochneidiodd.

"Nid dynion fydden nhw wedyn, nage?"

Chwarddodd y ddau a daliodd Gruffudd hi'n dynn.

"Rŵan ta," meddai Angharad gan ei wthio oddi wrthi. "Tyrd â'r hanes i gyd i mi ."

Hanes digon drwg oedd ganddo hefyd. Roedd y bradwyr, Uchtryd ac Owain, wedi arwain byddin Huw Flaidd ar hyd ffyrdd lle nad oedd perygl i'r Cymry ymosod arnynt oherwydd hynny; roeddent wedi llwyddo i dreiddio ymhell ac yn ddwfn i graidd teyrnas Gruffudd yn Eryri.

Y broblem fwyaf oedd bod Huw Flaidd y tro hwn wedi penderfynu'n graff iawn y byddai'n defnyddio fflyd o longau allan o Gaer i ymosod ar lannau Ynys Môn ar yr un pryd ag ymosod trwy'r mynyddoedd.

Roedd hyn wedi rhoi Gruffudd a Cadwgan ap Bleddyn mewn sefyllfa gas. Fedren nhw ddim gobeithio ymladd yn Eryri ac amddiffyn Ynys Môn ar yr un pryd. Felly, penderfynon nhw gilio o fynyddoedd Eryri'n ôl i Ynys Môn, a dyma Gruffudd yn anfon neges frys at ei ffrindiau dros y môr yn Iwerddon gan ofyn am longau cyn gynted ag y bo modd.

"Wyt ti'n meddwl y dôn nhw?" gofynnodd Cadwgan wrth iddynt drafod yr adroddiadau diweddaraf am y colledion yng Ngwynedd a thu hwnt.

"Mae Llychlynwyr Dulyn yn bobl driw iawn," atebodd Gruffudd. "Dydyn nhw ddim wedi fy siomi o'r blaen." Doedd hynny ddim yn hollol wir, wrth gwrs.

Ond cyrhaeddodd llynges fach o Iwerddon, ac am gyfnod byr ni fu llongau'r Normaniaid yn gymaint o fygythiad.

Un bore, serch hynny, daeth carfan o ddynion ar gefn ceffylau ar frys gwyllt i'r plasty, Cadwgan ap Bleddyn yn eu mysg. Roedd sawl un o'r dynion yn gwaedu o glwyfau garw.

"Byth wedi dy siomi, Gruffudd ap Cynan? Y Llychlynwyr a Gwyddelod sydd mor ddewr, mor driw, meddet ti? Wel, bydd yn barod i gael dy siomi heddiw, f'arglwydd frenin."

"Beth ar wyneb y ddaear sy'n bod?" gofynnodd Gruffudd yn ddididdeall.

"Mae'r estroniaid o'r gorllewin wedi ymuno â'r estroniaid o'r dwyrain ac maen nhw'n ei rhempio hi ar hyd glannau'r Fenai wrth i ni siarad."

"Siarada'n blaen, ddyn," meddai Gruffudd er ei fod eisoes yn amau'r gwaethaf.

"Mae'r llynges o Iwerddon wedi'n bradychu ni. Mae

Huw Flaidd wedi cynnig arian mawr iddyn nhw gan addo y cân nhw anrheithio Môn fel y mynnon nhw, ac mae'r cŵn drain uffarn wedi derbyn y cynnig."

"Rhaid eu rhwystro nhw!" meddai Gruffudd gan alw am ei arfwisg.

"Does dim gobaith," meddai Cadwgan. "Maen nhw'n sgubo pob dim o'u blaenau. Mi fyddan nhw yma ymhen yr awr."

Ystyriodd Gruffudd am eiliad.

"Rhaid i ni ffoi. Ty'd, mae yna gwch bob amser yn barod – rhyw filltir o fan hyn."

"I ble awn ni?" gofynnodd Cadwgan.

Oedodd Gruffudd cyn ateb.

"Iwerddon," meddai a'i galon fel y plwm wrth ynganu'r gair. Doedd bosib ei fod yn gorfod dechrau o'r dechrau unwaith eto. Doedd o ddim yn siŵr a oedd y nerth ganddo bellach i ddal ati. Llusgodd ei hun yn anfoddog i gyfrwy'i geffyl ac i ffwrdd â nhw tua'r môr.

18.

Idw'n ffoi gyda Gruffudd i Iwerddon

Bu'r fordaith i Iwerddon yn un arw. Siglai'r llong fechan yn wyllt ar gefn y tonnau. Roedd hi'n eithaf llawn ar ei bwrdd hi rhwng pawb, a chafodd Idwal ei hun ar un adeg yn sefyll yn weddol agos at yr Arglwydd Gruffudd. Roedd golwg druenus arno a'r siom i'w gweld wedi'i hysgythru ar ei wyneb.

Roedd Idwal bellach yn rhan o osgordd Gruffudd – ei lys symudol fel petai, yn cyflawni hen swyddogaeth Gofi fel gof y llys.

Siaradai Angharad â Gruffudd mewn llais tawel a thaer drwy gydol y daith ond oherwydd sŵn y tonnau a'r gwynt ni allai Idw glywed dim o'r hyn a ddywedai.

Roedd bod yn ôl ar y môr fel hyn yn croesi i Iwerddon yn codi llwyth o atgofion tywyll i Idwal. Daliai i gofio'r fordaith erchyll honno pan oedd yn fachgen. Clywai eto yn ei glustiau grio torcalonnus Tudno drwy'r nos a'r olwg ddiwethaf a gawsai ar ei ffrind bach wrth i'r môr-leidr ei luchio'n ddi-hid dros ochr y llong.

Wrth gwrs, roedd Idw'n edrych ymlaen at weld ei chwaer a hithau siŵr o fod wedi geni'r plentyn erbyn hyn – ei nith neu'i nai cyntaf. Pryderai braidd rhag ofn y byddai rhywbeth yn digwydd i'w chwaer wrth eni'r plentyn. Roedd yn nabod sawl merch yn y pentre acw oedd wedi colli'u bywydau oherwydd i rywbeth fynd o'i le wrth geisio dod â'r baban i'r byd. Y pryder mawr arall yn ei galon oedd bod ganddo newydd tristach na thrist i'w dorri i Gwenffrwd.

Yn ystod y brwydro ffyrnig i gipio Castell Aberlleiniog, un o'r rhai a fu farw yn y gawod o saethau a arllwysodd i lawr o dyrau a muriau'r castell oedd Maredudd ab Einion, darpar-ŵr Gwenffrwd a thad ei phlentyn.

Druan â Gwenffrwd, roedd hi wedi colli'i rhieni cyn iddi gael cyfle i'w nabod; yna, bu'n dyst i lofruddiaeth farbaraidd ei mam faeth, Morwen, dan law Bernard de Wal, ac yn awr dyma hi'n gorfod wynebu mwy fyth o alar. Roedd Idw'n difaru'i enaid iddo siarad mor hallt am Maredudd y noson y daeth at yr efail i ofyn am ei gymorth yn y gwrthryfel.

"Dy dwyllo di mae o."

Ia, dyna'i eiriau pan glywodd sôn amdanynt yn priodi am y tro cyntaf. Ond yn ystod yr amser y buont yn ffoi o Ddeganwy i Ynysoedd y Moelrhoniaid, roedd Idw wedi gweld bod Maredudd yn cymryd gofal mawr am ei chwaer, yn siarad â hi'n dringar, yn gwrando arni a phob amser yn sicrhau ei bod hi mor gyfforddus ag yr oedd modd o dan amgylchiadau mor anodd.

Serch hynny, gwyddai Idw'n iawn na fyddai Maredudd fyth yn cael sêl bendith ei deulu i briodi merch a weithiai yng nghegin Castell Deganwy, hyd yn oed os mai hi oedd wedi sicrhau cipio'r castell hwnnw gan y Cymry. Doedd pethau felly ddim yn digwydd, a siawns nad oedd Maredudd yn gwybod hynny'n iawn; ond doedd Gwenffrwd yn sicr ddim yn gallu gweld gwirionedd y sefyllfa. Roedd hi dros ei phen a'i chlustiau mewn cariad â'r dyn ifanc.

Ond erbyn hyn roedd eu tynged wedi'i selio gan saethau'r Normaniaid. Ni fyddai'i chwaer bellach yn priodi ag uchelwr. Tro enbyd yn ei hanes, druan, ond efallai hanes gwell na phe bai Gwenffrwd yn gorfod gweld Maredudd yn priodi â rhywun arall – rhywun oedd yn addas i'w dras, yn ôl disgwyliadau'r oes honno.

Torrodd ton enfawr yn erbyn ochr y llong, ac am ennyd teimlai fel pe bai hi ar fin dymchwel. Cwympodd pawb yn bendramwnwgl a chafodd y brenin ei hyrddio'n erbyn Idw. Roedd pawb ar eu cefnau fel crwbanod a'r môr yn dylifo drostynt.

"Mae hyd yn oed yr elfennau yn fy erbyn i," cwynodd Gruffudd gan wasgu â'i holl bwysau ar frest Idw wrth godi'i hun ar ei draed a heb ddweud yr un gair o ddiolch wrtho.

O leiaf rydym i gyd yn gyfartal o flaen yr elfennau, meddyliodd Idw.

Ond o gyrraedd Iwerddon, bu'n rhaid i Idw ei hun wynebu colled drom. Ar ôl glanio a chael ei draed dano yn efail y llys – yr efail lle'r oedd wedi bwrw'i brentisiaeth yr holl flynyddoedd yn ôl – dyma holi un o'r prentisiaid ifainc:

"Lle mae Gofan yn cadw y dyddiau hyn? Gofi, ti'n gwybod – gof y llys erstalwm?"

Edrychai'r hogyn arno fel pe bai'n rhyw fath o dduwdod o fyd arall.

"O, syr," meddai o'r diwedd pan gafodd hyd i'w dafod. "Mae arna i ofn ei fod o'n ddifrifol wael. Mae o draw yn nhŷ meddyg y llys."

Brysiodd Idw draw at dŷ'r meddyg lle'r oedd Gofi'n gorwedd yn gyfforddus ddigon mewn stafell a ogleuai'n gryf o lafant ac olewau gwahanol o bedwar ban.

Ond prin yr oedd Idw'n nabod y dyn bach a orweddai yn erbyn y clustogau. Y tro diwethaf iddo weld Gofi roedd ganddo fonion braich fel dwy dderwen braff a'i frest mor llydan â chasgen o gwrw cryf. Cysgod yn unig o'r dyn hwnnw oedd yn y gwely yn awr.

"Henffych, Gofi," mentrodd yn betrus gan symud yn araf at y gwely.

Edrychodd Gofi arno. Roedd ei lygaid yn dal i befrio er gwaethaf ei wendid.

"Mi wyt ti'n ôl, felly. Lle gebyst buest ti, y cythraul bach anniolchgar?"

Er yr holl flynyddoedd roedd o'n nabod Idw'n syth fel pe

bai wedi bod yn ei ddisgwyl bob munud awr ers iddo fynd. Roedd y llais yn dal i fod yn ddwfn ac yn weddol gryf a sylweddolodd Idw ei fod yn dal i godi tipyn bach o ofn arno.

"Mynd i ffwrdd fel 'na," dwrdiodd Gofi yn ei flaen. "Fy ngadael i â'r holl waith 'na. Finna wedi dysgu pob dim i ti. Y cena bach hunanol. Taswn i ddim ar fy ngwely angau fan hyn mi fyswn i'n cicio dy din bob cam o gwmpas yr ynys felltith 'ma – ddwywaith!"

Teimlodd Idw ryw bigyn cydwybod hegar yn ei galon o glywed y geiriau hyn ac wedyn rhyw deimlad gwag yn ei stumog o glywed y ddau air 'gwely angau'.

"Ro'n i'n meddwl amdanat ti bob diwrnod o waith gof a wnes i erioed. Fi ydi gof llys Gruffudd erbyn hyn, ti'n gwybod . . ."

"Do, mi glywais," meddai Gofi'n swta.

"Y rhyfela a'r lladd, y cigydda diangen oedd hi, Gofi. Aeth y cyfan yn drech na fi," ceisiodd Idw resymu gan faglu dros ei eiriau.

"Paa!" ebychodd Gofi'n ddiamynedd a throi'i ben at y pared.

Wedyn, adroddodd Idw ei hanes wrth Gofi, sut roedd wedi dychwelyd i'r pentre a gweithio fel gof, am farwolaeth Morwen a'r gwrthryfel yn erbyn y Normaniaid, yr ymosodiad ar Ddeganwy, ailymuno â lluoedd Gruffudd a sut roedd Gruffudd wedi dod o fewn trwch blewyn i sicrhau gorsedd Gwynedd.

"Ond mae'r cyfan ar ben eto, Gofi. Mae twyll a brad ar bob ochr."

"Daw eto haul ar fryn," meddai Gofi a oedd wedi gwrando'n astud er gwaetha'r olwg bwdlyd ar ei wyneb. Trodd yn ôl i wynebu Idw.

"Mae dy chwaer di wedi cael merch fach. Mae hi wedi ei galw'n Morwen."

"Wyt ti wedi'i gweld hi?" gofynnodd Idw wedi'i gyffroi trwyddo.

"Do, fe ddaeth hi ar fy ngofyn. Un fach glên iawn. Mi ges i dy hanes ganddi. Mae hi'n meddwl y byd ohonot ti, cofia."

"Lle mae hi rŵan?"

"Mi wnes i drefnu iddi fynd at berthnasau i deulu maeth yr Arglwydd Gruffudd ei hun yn ardal Sord i'r gogledd o Ddulyn. Cafodd hi ddigon o gymorth yn ystod cyfnod yr enedigaeth ac mae hi wedi aros yno. Mae hi'n forwyn yn nhŷ un o'r Daniaid. Roedd yr enedigaeth yn llai trafferthus na 'ngenedigaeth i. Ddeudais i wrthat ti erioed am y noson . . ."

"Diolch am dy gymorth, Gofi," torrodd Idw ar ei draws.

Symudodd Gofi yn ei wely a gwelodd Idw ei wyneb yn crychu mewn poen.

"Wyt ti mewn llawer o boen, Gofi?"

"Dydi o'n ddim byd, wsti. Dim byd. Cer rŵan i weld dy chwaer. Cofia fi ati hi."

"Ond . . ."

"Sdim 'ond' i'w gael. Fiw i ti fod allan o'r llys am yn hir rŵan, a thitha'n of llys. Fasa Gruffudd ddim yn fodlon iawn taset ti i ffwrdd pan fydd eisiau cynllunio ei daith nesa i Gymru. O mi eith eto, paid ti â phoeni. Mae'n siŵr bod hwnnw wedi croesi Môr Iwerddon fwy o weithiau nag y mae'r llanw ar drai mewn blwyddyn."

Roedd Idw'n oedi o hyd.

"Dos, hogyn! Does dim fedri di wneud i mi. Dos!" a thorrodd llais yr henwr wrth i'r dagrau bowlio i lawr ei fochau.

Dyma Idw'n ei gofleidio'n dynn a chofiodd y diwrnod roedd Gofi wedi'i godi yn ei freichiau gan achub ei fywyd. Bellach, roedd hi'n rhy hwyr i dalu'r ddyled.

19.

Wrth ffynnon Colmcille

Teithiodd Idw y diwrnod hwnnw i Sord ac yn fuan iawn cafodd hanes ei chwaer. Gyda'r nos cyrhaeddodd y tu allan i gartref y masnachwr Danaidd lle gweithiai Gwenffrwd.

Roedd hi wrth ei bodd o'i weld ac yn falch iawn o ddangos Morwen fach iddo wrth i'r babi gysgu mewn crud pren o flaen y tân yn ystafell y morynion. Roedd hi'n cysgu'n drwm a doedd Idw ddim eisiau aflonyddu arni. Beth bynnag, roedd yn rhaid iddo ddweud y newydd trist am Maredudd neu mi fyddai'r pwys ar ei stumog yn ei fogi.

Â llais crynedig, adroddodd hanes yr ymladd cignoeth yn Ynys Môn gan sôn am ddewrder arbennig Maredudd ac am ganmoliaeth Gruffudd iddo. Gallai weld wrth y newid brawychus yn wyneb Gwenffrwd ei bod eisoes wedi dyfalu beth oedd o'n mynd i'w ddweud. Torrodd ar ei draws.

"Mae o wedi marw, tydi?"

"Ydi, Gwenffrwd, mae arna i ofn ei fod o."

"Roeddwn i'n gwybod," meddai mewn llais rhyfeddol o naturiol. "Dyna pam wnes i ddim gofyn sut oedd o pan gyrhaeddaist ti. Mi ges i freuddwyd. Roedd o ar fwrdd llong ac yn hwylio oddi wrtha i a Morwen fach. Roedden ni'n dwy ar y lan, ac roedd y fechan yn codi llaw ar ei thad. Roedd hi fel pe bai'n hŷn na mae hi rŵan, ac mi wnes i ofyn iddi hi lle'r oedd ei thad yn mynd, ond ddywedai hi ddim wrtha i – er ei bod hi'n gallu siarad yn y freuddwyd, ti'n gweld."

Ac wedyn sgubodd ei galar drosti gan ddechrau beichio

crio a rhoddodd ei brawd ei freichiau cryf amdani i'w chysuro.

Yn fuan drannoeth, cyn dechrau ar ei daith yn ôl i'r llys, gadawodd Idw dŷ meistr Gwenffrwd a cherdded tua ffynnon Colmcille – safle sanctaidd ar gyrion y pentre – i offrymu gweddi i Gwenffrwd a Morwen Fechan.

Cyn gadael y tŷ roedd wedi cael cyfle i gyfarch ei nith yn iawn am y tro cyntaf. Roedd Morwen Fechan yn wên i gyd ac yn cadw rhyw synau bach bodlon trwy'r adeg. Doedd gan yr un fach ddim arlliw o syniad, wrth gwrs, mai cario newydd drwg oedd pwrpas ymweliad Idw â'r tŷ, ac mewn ffordd roedd gwrando ar ei chogran diddig yn help i ddechrau ailosod pethau ar eu hechel.

Er cymaint ei galar, rhwng ei gwaith a magu plentyn doedd gan Gwenffrwd ddim amser i hel gormod o feddyliau duon, er bod ei chalon yn deilchion druan, ac na fyddai byth yn mendio'n iawn.

Wrth fynd at y ffynnon edrychodd Idw tua'r tŵr crwn a safai fel nodwydd ger mynachlog Colmcille uwchben y pentre. O'r tŵr yma erstalwm byddai'r mynaich yn cadw llygad ar y wlad o'u cwmpas rhag ofn i'r Llychlynwyr ymosod, fel y gallent dynnu'u holl drysorau trwy'r drws tua deg troedfedd ar hugain uwchlaw'r ddaear gan dynnu ysgol raff ar eu holau nes i'r perygl fynd heibio. I'r tŵr hwn hefyd y daeth gweddillion gwaedlyd Brian Boru a'i fab ar ôl brwydr Clontarf ym 1014, pryd y trechwyd y Llychlynwyr gan y Gwyddelod.

Wyddai Idw ddim oll am yr hen hanesion hyn wrth iddo nesáu at y ffynnon. Y cwbl a wyddai oedd ei fod yn falch nad oedd neb arall o gwmpas. Roedd angen tipyn o lonyddwch arno i glirio'i ben.

Eisteddodd ar garreg gan edrych ar y dŵr digynnwrf rhwng y creigiau – dŵr oedd yn nodedig am ei burdeb. Dyna ystyr y gair 'sord' – enw'r pentre. Gwelai Idw ei adlewyrchiad yn glir ar wyneb y dŵr a dychrynodd braidd o weld yr olwg hen oedd arno, ei wallt yn dechrau britho a theneuo a rhychau dwfn bob ochr i'w drwyn ac ar draws ei dalcen.

Gwnaeth gwpan o'i law a chodi ychydig o ddŵr i'w geg, ac eto. Roedd blas bendigedig arno. Wrth yfed, mwmiodd ryw lun o bader breifat dros ei chwaer a'i babi ac wedyn, wedi ymlacio rywfaint, eisteddodd yn ôl.

O gwmpas siambr y ffynnon tyfai llwyni helyg, ac yn hongian arnynt roedd nifer o rubanau amryliw wedi'u gadael gan bobl wrth ymweld â'r lle. Gallai hefyd weld pinnau a thlysau eraill yn disgleirio yng ngwaelod y pwll. Roedd yn amlwg bod coel fawr ar ffynnon Colmcille yn y fro.

Eisteddai'n llonydd tan ochneidio. Roedd hi'n fore ffres ac o'i gwmpas gallai glywed sŵn yr adar a phryfetach yn dechrau ystwyrian yn y gwair. Wrth ei fodd â'r heddwch pur yma, gorweddodd ar wastad ei gefn gan syllu i'r awyr las uwch ei ben.

Ai y tu hwnt i fan'na oedd Duw go-iawn, meddyliodd?

Caeodd ei lygaid ac yn syth llenwodd ei feddwl â'r delweddau mwya erchyll yr oedd wedi'u profi yn ystod ei fywyd.

"Ach!" ebychodd yn uchel, gan godi ar ei eistedd.

"Báil ó Dhia ort, a chara," meddai llais melfedaidd wrtho yn yr Wyddeleg.

Neidiodd Idw gan hanner codi ar ei draed. O'i flaen safai hen fynach â'r wyneb hyfrytaf a welsai Idw erioed. Doedd o erioed wedi gweld golwg mor llonydd a bodlon ar neb. Roedd y mynach yn gwenu, gwên a ymledai drwy holl rychau'i wyneb hyd at y llygaid llwydwyrdd a oedd yn pefrio fel llygaid bachgen ifanc yn yr haul cynnar.

"Báil ó Dhia ortsa," atebodd Idw'n drwsgl. Pan oedd yn brentis i Gofi ugain mlynedd a rhagor yn ôl, bu'r Wyddeleg, y Gymraeg a'r Norseg ill tair yn ddigon cynefin ar ei dafod. Stori arall oedd hi erbyn hyn.

"Be sy'n dod â thi i'r llecyn yma mor fore, ddyn ifanc?"

Ifanc? Dim yn ôl y drych yn y dŵr! Ystyriodd Idw. Faint oedd o eisiau ei ddweud wrth y dieithryn yma?

Yn y diwedd, fe ddywedodd ei hanes i gyd.

20.

Y Normaniaid yn Ynys Môn; Magnws Droednoeth ac Iarll Amwythig

. . . Drannoeth, wele, trwy weledigaeth Duw, dyma lynges frenhinol o Norwy'n ymddangos yn ddirybudd. Pan welsant hyn roedd y Ffrancod a'r Daniaid a oedd wedi bradychu Gruffydd yn ddigalon . . .

Hanes Gruffudd ap Cynan

Wrth i Gruffudd, Angharad a'r plant, aelodau o'i deulu a gosgordd, gan gynnwys Idwal fab Ieuan, ynghyd â Cadwgan a'i gefnogwyr anelu'u llong tuag at Iwerddon, dylifodd y Normaniaid a'r Daniaid i Ynys Môn. Safai Cenryd yr Offeiriad y tu allan i'r eglwys fach wyngalchog gan wylio criw o ddynion yn ffoi trwy'r coed ar gyrion y fynwent.

Roeddent wedi dod ato y noson cynt, ychydig cyn iddi nosi, gan ofyn iddo am loches dros nos yn yr eglwys.

"Rydan ni'n wedi bod yn rhedeg drwy'r dydd, 'Nhad," meddai'i arweinydd wrth Cenryd. "Mae'r Ffrancod a'r Daniaid yn hel ein pobol ni o bob twll a chongl. Maen nhw'n hollol ddidrugaredd – rhaid i ni fyw fel anifeiliaid y maes neu gael ein bwtsiera ganddyn nhw."

Saith o ddynion oedd yno, un ohonynt wedi'i glwyfo'n arw ac yn annhebygol o fyw tan y bore.

"Wrth gwrs y cewch chi loches," meddai'r Offeiriad. "Ewch i'r eglwys ac mi ddo i yn y man â bwyd a dŵr i chi."

Llithrodd y dynion yn ddiolchgar i'r eglwys, yn falch o

117

gael gorffwys y tu mewn i'w waliau trwchus a'i llonyddwch.

Yn ôl ei addewid daeth Cenryd â pheth bara, caws a dŵr iddynt gan ymddiheuro na fedrai ddod â dim arall am y tro oherwydd bod y Normaniaid a'r Daniaid wedi anrheithio cymaint ar y fro o gwmpas, fel bod prin bod dim bwyd ar ôl.

Fore trannoeth, wrth ddychwelyd i'r eglwys, gwelodd yr offeiriad ifanc ddynion arfog yn marchogaeth dros y rhostir o bell tuag ato.

Normaniaid!

Rhuthrodd i'r eglwys gan ddeffro'r dynion – ond doedd dim modd deffro'r truan oedd wedi'i glwyfo – a mynd â nhw trwy ddrws bach yn y cefn yr ochr draw i'r allor allan o olwg y marchogion, gan eu cyfeirio trwy fwlch yng nghlawdd y fynwent.

"Ewch am y goedwig fan draw. Mae'n drwchus ac mae'r llwybrau drwyddi'n isel iawn. Bydd y Normaniaid yn methu â'ch dilyn ar eu ceffylau. Pob bendith arnoch!"

Saethodd y dynion ymaith fel sgwarnogod ar draws y tir agored rhwng cefn yr eglwys a'r coed. Eiliadau'n ddiweddarach, dyma'r marchogion yn cyrraedd gan garlamu i'r fynwent ac amgylchynu'r offeiriad.

"Dydd da, fy meibion. Be fedra i wneud i'ch helpu?" meddai yn Lladin.

Disgynnodd un o'r dynion oddi ar gefn ei geffyl gan dynnu'i gleddyf. Heb yngan yr un gair, bwriodd garn y cleddyf i wyneb Cenryd nes ei fod yn syrthio i'r llawr.

"Chwiliwch yr eglwys!" gwaeddodd ar ei ddynion.

Clywodd Cenryd y drws yn clepian yn agored, sŵn gwydr yn malu a dodrefn yn cael ei daflu o'r neilltu. Ar ôl ychydig, daeth un o'r dynion allan.

"Dim byd. Dim byd byw beth bynnag. Mae un ohonyn nhw'n gelain ger yr allor."

Gafaelodd y marchog cyntaf yng ngwisg yr offeiriad a'i dynnu ar ei draed.

"Lle maen nhw?" arthiodd yn Ffrangeg.

Ddeallodd Cenryd ddim a phoerodd waed a darnau o'i ddannedd o'i geg. Cafodd ddyrnod arall gan faneg ddur y marchog, ergyd a dorrodd ei drwyn.

"Dywed wrtha i, Gymro! Lle mae gweddill y carthion hwch o ddynion sydd wedi bod yn cuddio yn y twlc 'ma?"

Eto, ni ddeallodd Cenryd y Ffrangeg. Y peth nesaf a wyddai oedd poen aruthrol yn ei lygaid a chollodd ei olwg ar y byd. Syrthiodd i'r llawr gan igian mewn poen. Plygodd y marchog i lawr wrth ei ymyl.

"Os nad wyt ti am siarad â ni, chei di ddim siarad â neb arall chwaith. Dau ddyn i'w ddal o i lawr – rŵan!"

A dyna sut y collodd yr offeiriad ei dafod.

Ar draws yr ynys roedd y Normaniaid a'r Daniaid wedi trin eglwysi'r brodorion yn hollol ddirmygus. Ond doedd dim budd wedi dod o hynny yn achos yr Iarll Huw Goch o Amwythig.

Y noson cynt roedd wedi cyrraedd eglwys Llanddyfyrdog gyda'i gŵn – chwe helgi mawr, glafoeriog. Roedd angen rhywle iddynt aros dros nos, a phenderfynodd yr Iarll mai peth doniol fyddai'u cadw yn yr eglwys, gan nad oedd eglwysi'r Cymry'n haeddu gwell, yn ei farn o.

Pan geisiodd yr offeiriad druan brotestio, dyma Huw Goch yn gollwng y cŵn arno a chael a chael iddo lwyddo i ddianc heb fwy nag ambell frathiad i'w goesau.

Aeth y Norman i gysgu mewn plasty lleol. Pan ddaeth i nôl ei gŵn o'r eglwys yn y bore, agorodd y drws ac yn syth dyma'r chwe chi'n mynd amdano. Oni bai ei fod yn gwisgo'i arfwisg a dau filwr hefo fo, byddent wedi'i larpio'n fyw. Bu'n rhaid iddynt ladd pedwar o'r cŵn yn y man a'r lle i'w hamddiffyn eu hunain. Roedd y ddau a oedd ar ôl wedi'u lloerigo'n lân, yn hollol wallgo bost, glafoerion yn lladdar am eu genau a'u llygaid yn troi yn eu pennau. Rhedent fel pe baent yn feddw gaib o gwmpas y fynwent yn hel ac yn brathu'u cynffonnau'u hunain.

Yn y pen draw, bu'n rhaid i Huw ladd y ddau gi olaf yma hefyd. Aeth y si ar led bod y diafol wedi mynd i mewn i'r eglwys a'u rheibio yn y nos. Wfftiodd yr Iarll y syniad ond dyna'r tro olaf, penderfynodd y bore hwnnw, y byddai'n defnyddio eglwys fel cenel i'w gŵn.

Y bore hwnnw oedd y tro olaf y byddai Huw Iarll Amwythig yn gwneud llawer iawn o bethau.

Ychydig oriau ar ôl y digwyddiad yn yr eglwys, bu cynnwrf ar hyd glannau afon Menai wrth i lynges fawr o longau pwerus ymddangos fel pe bai o nunlle gan fwrw angor oddi ar yr arfordir.

Roedd yr Iarll eisoes yn aflonydd yn dilyn yr helynt hefo'i gŵn.

"Pwy biau'r llynges yma?" holodd braidd yn nerfus.

"Mae'n debyg mai brenin Norwy, Magnws Droednoeth, yw 'i harweinydd hi," meddai'i raglaw.

Aeth cryndod trwy Iarll Amwythig. Roedd enw Magnws yn gyfarwydd iawn iddo. Roedd Magnws newydd ddilyn ei dad, Olaf, ar orsedd Norwy ac wedi mynd ati mewn byr o dro i adennill rheolaeth Norwy dros yr holl ynysoedd – Ynysoedd Erch, Heledd, Shetland, Ynys Manaw, a rhannau o Iwerddon ei hun.

Damia Gruffudd ap Cynan, meddyliodd Huw Amwythig. Doedd dim diwedd i'w gastiau. Fo, siŵr o fod, oedd wedi gofyn i'r blagard yma o'r gogledd alw heibio ym Môn.

"Dwi eisiau siarad ag arweinwyr y Cymry sy'n ymladd o'n plaid ni a dwi am iddyn nhw drefnu cadoediad a heddwch gyda'r rhai sy'n dal i ymladd yn ein herbyn."

Edrychodd y swyddog yn syn.

"Oes raid imi ofyn eilwaith?"

"Nac oes, f'arglwydd," meddai'r dyn gan faglu draw at ei geffyl.

Gwyddai Amwythig yn iawn bod yn rhaid iddo weithredu'n gyflym neu byddai'r Normaniaid yn eu cael eu hunain yn ymladd yn erbyn dau elyn ar yr un pryd.

Ac er gwaethaf ei ymdrech i atal hyn rhag digwydd, penderfynodd Magnws wrando ar achwyn y Cymry. Daeth â'i lynges yn nes at y lan a bu brwydro ffyrnig. Yn ystod y brwydro saethwyd Iarll Amwythig oddi ar gefn ei geffyl a bu farw yn y dŵr bas ger y traeth.

O weld cwymp eu harweinydd, trodd y Normaniaid eu cefnau ar y Norsmyn a ffoi, gyda chawodydd o saethau a gwaywffyn yn eu dilyn.

Arhosodd Magnws ddim yn hir ar Ynys Môn. Sicrhau'i diroedd yn Iwerddon oedd ei brif nod, ac felly, ar ôl ei fuddugoliaeth fawr yn erbyn y Normaniaid, hwyliodd dros fôr Iwerddon i barhau'r ymladd yn y wlad honno.

Rhyddhad mawr i'r Normaniaid oedd gweld Magnws a'i lynges yn hwylio i ffwrdd, ac aethant ati'n syth gyda'r gwaith ysgeler o gipio dynion ymaith o'r ynys i'w cadw fel caethion yn nes i bencadlys Huw Flaidd yng Nghaer.

Ond er hyn i gyd, roedd crib y Normaniaid wedi'i thorri ym Môn a gorllewin Gwynedd. Am y tro, y Cymry oedd yn rheoli yn y rhan yma o Gymru, a blwyddyn yn ddiweddarach – ym 1099 – daeth Gruffudd ap Cynan adref. Y tro hwn, roedd yma i aros.

21.

Ara deg a phob yn dipyn . . .

Ac yna, treuliodd flynyddoedd yn dlawd ac yn ofidus gan obeithio wrth weledigaeth Duw . . .

Hanes Gruffudd ap Cynan

Doedd Angharad erioed wedi gweld Gruffudd mor isel. Roedd dwy flynedd wedi mynd heibio ers iddynt ddychwelyd o Iwerddon gan ymsefydlu ym Môn – ynys a oedd erbyn hyn wedi'i chreithio'n ddwfn gan ryfel gyda llawer iawn o'i thai'n wag, eu trigolion wedi eu cludo ymaith yn erbyn eu hewyllys yn ystod cyrchoedd gan y Normaniaid yr ochr draw i afon Conwy.

Ar ôl yr holl flynyddoedd helbulus llawn cyffro a pherygl, y gwibio'n ôl ac ymlaen dros Fôr Iwerddon, yr ymladd a'r ffoi, y twyll a'r brad diddiwedd, bron na allai rhywun ddweud bod Gruffudd wedi chwythu'i blwc yn feddyliol ac yn gorfforol.

Yn dair a deugain oed, hawdd y gallai rhywun ei esgusodi. Am dair blynedd ar hugain roedd wedi dal ati, yn driw i'w gred y byddai'n cyrraedd y nod yn y pen draw, er gwaethaf pawb a phopeth, ac mai ef oedd gwir ac unig frenin Gwynedd. Eto i gyd, digon gwag oedd y fuddugoliaeth, neu felly yr oedd yn ymddangos i arglwydd newydd Ynys Môn. Doedd o ddim yn rhagweld bod neb yn mynd i'w daflu allan o Fôn, ond nid brenin Gwynedd gyfan oedd o eto, a hynny o bell ffordd.

"I be?" gofynnodd i Angharad rhyw fin nos stormus

flwyddyn ar ôl iddynt ddod yn ôl. Roedd ei lygaid yn llawn dagrau hunandosturiol. "Pa fath o wobr yw hon? Ynys fechan sydd wedi'i difetha o'r naill gwr i'r llall a'i phobl yn gaethion i Arglwyddiaeth Caer? Dwi'n dal i fod yn ddibynnol ar bobl dwi'n methu ymddiried ynddyn nhw. Mae'r Cymry fel tasen nhw ddim yn poeni amdana i weithiau, yn hollol ddifater – dim yn sylweddoli be dwi wedi'i wneud drostyn nhw wrth ffrwyno Huw Flaidd a'i debyg. Mi fasen nhw'n newid eu cân tasa hwnnw'n dod yn ei ôl yma a dechrau gwasgu arnyn nhw o'r newydd."

Rhoddodd ei ben yn ei ddwylo am ychydig. Y tu allan chwythai'r gwynt o gwmpas muriau'r neuadd gan ubain fel blaidd. Cododd ei ben unwaith eto a throi at ei frenhines.

"Dyma fi, Brenin Gwynedd, yn gorfod byw o'r llaw i'r genau fatha cardotyn, heb fod yn siŵr a fydd bwyd gynnon ni na tho uwch ein pennau o'r naill fis i'r llall."

Ymestynnodd am y cawgaid o win wrth ei benelin ond, oherwydd gwendid ei lygaid, methodd â'i weld yn iawn yng ngolau pwl y gannwyll, a'i fwrw drosodd. Syrthiodd y cawg i'r llawr gan falu'n deilchion. Dyrnodd Gruffudd y bwrdd a chicio'r darnau crochenwaith ar hyd y llawr.

"Dduw Mawr! Gruffudd Dywyll, myn diawl i! Sut ydw i'n mynd i wella ein byd os na fedra i 'i weld o hyd yn oed?"

Rhoddodd Angharad ei freichiau am ei ysgwyddau a phwyso'i ben yn ei herbyn gan fwytho'i dalcen.

"Daw'r dydd, f'arglwydd. Amynedd a phwyll bia hi, ond fe ddaw'r dydd."

A heno roedd yna lygedyn o oleuni. Oriau yn ddiweddarach rhuthrodd Angharad draw i siambr Gruffudd a'i chalon yn curo fel drwm. Roedd newydd da ganddi. Newydd a fyddai'n troi pethau o'u plaid unwaith yn rhagor. Newydd a roddai gobaith mawr i'w dyfodol yng Ngwynedd.

Cnociodd ar ddrws y siambr.

"I mewn," ochneidiodd llais Gruffudd.

"F'arglwydd Gruffudd," cyhoeddodd Angharad. "Mae Huw Flaidd wedi marw!"

Am eiliad neu ddwy edrychai Gruffudd yn syn. Wedyn, lledodd gwên braf dros ei wyneb, a bron na fedrai Angharad weld y straen ym mhob gewyn o'i gorff yn ymlacio o flaen ei llygaid.

"Ydi hyn yn wir?"

"Gwir pob gair, f'arglwydd. Ei fab Richard sydd wedi cymryd ei le, hogyn ifanc – digon golygus, cofia," meddai'n ddireidus, "ond yn wan ac yn ddibrofiad o'i gymharu â'i dad. Mae'r dydd wedi gwawrio, f'arglwydd. Dyma ein cyfle"

Ac yn sydyn roedd Angharad yn hedfan trwy'r awyr wrth i'w gŵr gydio ynddi a'i throelli'n wyllt o gwmpas y siambr.

Rhoddwyd hwb arall i gynlluniau Gruffydd y flwyddyn ddilynol pan laddwyd Gwilym Goch, brenin Lloegr, ac wedyn bu newidiadau mawr wrth i'r barwniaid Normanaidd ymladd ymysg ei gilydd, fel nad oedd ieirll y Gororau bellach yn fygythiad i Gruffudd.

Dros y blynyddoedd nesaf, llwyddodd Gruffudd i ailadeiladu teyrnas Gwynedd, gan gipio'r tiroedd a oedd wedi'u goresgyn gan Huw Flaidd a'r ieirll eraill yn y gorffennol.

Fesul un a fesul deg, dychwelodd llawer iawn o'r Cymry a oedd wedi'u halltudio gan y Normaniaid i ailgartrefu yng Ngwynedd ac i ailymuno â rhengoedd Gruffudd.

Am y tro, roedd y Normaniaid yn rhy brysur yn ceisio delio â phroblemau yn Normandi a mannau eraill, a doedden nhw ddim mewn sefyllfa i rwystro Gruffudd rhag gwireddu'i freuddwydion yng ngogledd Cymru.

Fodd bynnag, tua'r flwyddyn 1114, o ganlyniad i helyntion mawr y tu allan i Wynedd – yng Ngheredigion a Phowys – dyma frenin Lloegr, Harri I, yn penderfynu rhoi cynnig ar fynd i'r afael eto â phroblem y Cymry, gan arwain byddin enfawr i gyfeiriad Gwynedd. Daeth wyneb yn wyneb ag Owain ap Cadwgan – mab Cadwgan ap Bleddyn – ym Mur Castell yn Ardudwy.

Roedd amser maith er pan welodd Angharad ei gŵr yn ei arfwisg, ond heddiw ac yntau'n marchogaeth ceffyl rhyfel mawr o dras Normanaidd – un o ddylanwadau'r Norman a groesawyd gan y Cymry oedd ym maes bridio ceffylau – edrychai'n dipyn o ddyn wrth adael y llys a'i ddynion o'i gwmpas. Doedd Angharad ddim yn gwybod beth fyddai canlyniad hyn i gyd, ond roedd hi'n falch iawn ohono wrth ei wylio'n carlamu i'r pellter, er yn gofidio bob eiliad am ei ddiogelwch.

"Rydan ni wedi'u curo nhw o'r blaen," meddai Gruffudd yn ysgafn y bore hwnnw wrth ymbaratoi. "Pam ddylai hi fod yn wahanol y tro yma?"

"Rwyt ti wedi colli'n rhacs yn eu herbyn nhw o'r blaen hefyd," mentrodd Angharad.

Doedd ei sylw ddim wedi plesio, ond waeth iddi ddal ati. Onid oedd dyfodol Gwynedd gyfan – a'u dyfodol hwythau fel teulu – yn y fantol yma?

"A dwi wedi blino ar groesi Môr Iwerddon mewn cychod bach yn drewi o bysgod hefyd . . ."

"Wyt ti'n meddwl fy mod i ddim wedi laru, ddynes?" ffrwydrodd Gruffudd gan droi arni'n chwyrn ac achosi i Angharad gamu'n ôl mewn dychryn.

"Dwi wedi treulio'r rhan fwyaf o 'mywyd yn ymladd dros Wynedd. Mi wn i'n iawn be sydd yn fy erbyn allan fan'na. Brenin Lloegr a'i holl luoedd, a byddin o'r Alban dan y Brenin Malcolm, heb sôn am y cachgwn 'na o'r Deheubarth sydd wedi troi yn erbyn eu cyd-Gymry. Mae'r rhain i gyd yn fy erbyn i, ac oni bai am y cena bach byrbwyll Owain ap Cadwgan – sydd ddim hanner mor gall â'i dad – a'i holl ffwlbri yng Ngheredigion, fasen ni ddim yn y twll 'ma, na fasen? Ond dydi swatio fan hyn ym Môn ddim yn mynd i achub y dydd."

Gostyngodd Angharad ei phen. Edrychodd Gruffudd arni'n syn. Doedd o ddim yn gyfarwydd iawn â rhoi taw arni.

"Atolwg, f'arglwyddes . . . Angharad . . . fy ngwraig. Na, dwi ddim yn mynd i fentro fy nheyrnas i gyd ac aberthu popeth dwi wedi'i ennill. Os bydd yn rhaid imi daro bargen â'r diafol ei hun i roi cyfle i Wynedd i ailgodi ar ei thraed, dyna be wna i. Onid ydw i wedi bargeinio â Huw Flaidd ei hun yn y gorffennol? Bydd yr Harri 'ma fel cath fach o'i gymharu â hwnnw," meddai dan chwerthin.

"Bydd, siawns," meddai Angharad dan wenu'n swil.

"Ond," ychwanegodd Gruffudd "os bydd yn rhaid imi ymladd, ymladd wna i, hyd yn oed os mai henwr hanner dall, hanner call ydw i. Fydd yr un Norman, na Sgotyn na Sais na bradwr o'r Deheubarth yn cipio Gwynedd oddi arna i tra bydd anadl yn fy nghorff i. A pheidied neb ag amau hynny!"

Chwyddodd calon Angharad ag edmygedd a chariad tuag ato. Mor braf oedd gweld yr hen hyder yn dal i danio!

"Ac mi fydda i y tu cefn i ti bob cam," sibrydodd yn floesg.

A dyma nhw'n cofleidio cyn i Gruffudd ruthro i ffwrdd i orffen ei baratoadau.

Yn nes ymlaen y diwrnod hwnnw, gadawodd Gruffudd Aberffraw ar ei ffordd tua mynyddoedd danheddog Eryri, i sefyll unwaith eto yn erbyn holl rym coron Lloegr a'i chynffonwyr dros annibyniaeth eu teyrnas.

Hwn fyddai'r tro olaf iddo wneud hynny – nid oherwydd iddo syrthio ar faes y gad, ond oherwydd, ar ôl y cyfarfyddiad yma, bu cyfaddawd.

Doedd Harri ddim mewn sefyllfa i ymladd rhyfel hir yng Nghymru; roedd ganddo ormod o broblemau mewn mannau eraill, a gallai weld y byddai unrhyw ryfel yn erbyn Gruffudd a'i gynghreiriaid yn gostus iawn, ac ni allai fyth fod yn siŵr y byddai'n ennill.

O'i ran yntau, gallai Gruffudd weld bod ganddo ormod i'w golli trwy herio a chythruddo'r brenin, felly fe gytunodd i dalu gwrogaeth iddo yn ogystal â dirwy drom.

Chwe blynedd yn ddiweddarach, ymosododd Harri ar Gymru am yr ail dro, ond unwaith eto cadwodd Gruffudd ei bellter gan mai ymosodiad ar Bowys oedd hwn yn bennaf.

Erbyn hyn roedd Gruffudd yn chwe deg saith oed ac yn ei chael hi'n ddigon anodd gwisgo'i arfwisg, heb sôn am dorri cwysi trwy'i elynion â'i hoff fwyell ddeufin fel y byddai'n ei wneud erstalwm. Yn ffodus, roedd o wedi'i fendithio â dau fab cryf, cadarn a galluog, Owain a Cadwaladr, a bu'r ddau yma'n atebol iawn wrth gynnal ffiniau Gwynedd gan achub cyfle lle bynnag roedd un yn codi i'w hymestyn a'u hatgyfnerthu.

Parhaodd Gwynedd i fwynhau cyfnod heb orfod rhyfela, ac yn raddol dechreuodd y deyrnas ffynnu a chryfhau ar ôl y distryw enbyd a brofwyd yn ystod holl frwydro, llosgi a lladd y ganrif ddiwethaf.

Roedd y caeau ŷd, y gerddi a'r perllannau yn llawn cynnyrch ac yn ddigon o ryfeddod i'r llygaid. Yn ôl yr hanes, roedd eglwysi bach newydd gwyngalchog i'w gweld fel rhif y sêr yn y nefoedd ar draws y wlad. Ym myd barddoniaeth a cherddoriaeth, dwy gelfyddyd a oedd yn agos iawn at galon Gruffudd, bu adfywiad mawr. Yn gyffredinol roedd Gwynedd yn gallu torheulo mewn oes aur heb ymyrraeth o'r tu allan.

Ond daliai rhannau o Gymru i ddioddef dan lach y Normaniaid. Yn 1136 bu farw Harri I a daeth y Brenin Steffan i orsedd Lloegr. Cyfnod tywyll yn hanes Lloegr oedd teyrnasiad Steffan, ac o weld gwendid Lloegr achubodd y Cymry eu cyfle a ffrwydrodd gwrthryfel ar draws y wlad yn erbyn eu gormeswyr.

O dan arweiniad Owain a Chadwaladr, ymunodd lluoedd Gwynedd yn y frwydr i godi baich y Normaniaid oddi ar war y Cymry. Roedd y Normaniaid yn fwy niferus nag y buont yn 1094 ac yn gryfach ar sawl gwedd, ond roedd y Cymry hefyd wedi dysgu gwersi pwysig ac yn fwy unedig nag y buont erstalwm.

Mewn brwydr fawr yn Aberteifi, trechodd y Cymry fyddinoedd y Normaniaid yn llwyr a heb fawr o drafferth.

Pan glywodd Gruffudd, roedd o wrth ei fodd. Ac yntau dros ei bedair ugain oed erbyn hyn, a'i olwg wedi pallu'n gyfan gwbl, roedd bron wedi cyrraedd diwedd ei oes. Ond roedd ei gwest wedi'i gyflawni a phroffwydoliaeth Tangwystl wedi'i gwireddu. Roedd Gwynedd yn ddiogel ac, yn ei holl gadernid, gallai gynnig ysbrydoliaeth ac arweiniad i weddill Cymru yn y blynyddoedd anodd i ddod.

Dim ond un peth oedd ar ôl iddo ei wneud.

22.

Yr Encilio Olaf

. . . A daeth Gruffudd i ddiwedd ei oes a cholli golwg ei lygaid . . . wedi sicrhau enwogrwydd anfarwol trwy ryfela, penderfynodd fynd i le dirgel ac i arwain bywyd duwiol gan ymadael â'i holl sofraniaeth fydol . . .

Hanes Gruffudd ap Cynan

Gwyliai Idw wrth i'r ddau ferlyn a'u marchogion ymlwybro'n araf ar hyd y llwybr cul a throellog i fyny'r llethr serth tuag at yr encilfa – y sefydliad bach mynachaidd yn nwfn mynyddoedd Eryri a gynigiai loches i'r rheini oedd yn dymuno cefnu am gyfnod ar y byd a'i holl flinderau. Bu'n disgwyl trwy'r bore am y teithwyr, ac roedd rhyw gyffro mawr yn corddi trwyddo. Hen ddyn oedd Idwal erbyn hyn, a'i iechyd yn fregus ar brydiau, ond daliai i gerdded yn warsyth – er ei fod bellach yn gorfod dibynnu ychydig ar bastwn trwm o goed derw wrth groesi tir garw – ac nid oedd eto wedi colli'r holl nerth oedd ganddo o'r adeg pan fu'n bennaeth ar ofaint llys Gruffudd ap Cynan.

Roedd wedi penderfynu mynd yn fynach ar ôl cyfarfod â'r brawd rhadlon ger Ffynnon Colmcille yn Sord yr holl flynyddoedd yn ôl. Donál oedd enw'r brawd hwnnw, ac wrth ymyl y ffynnon y bore hwnnw, roedd wedi gwrando'n astud wrth i Idwal adrodd hanes helbulon ei fywyd a bwrw'i fol am yr anhapusrwydd ac anesmwythyd mawr a deimlai wrth ddilyn ei frenin a gorfod bod yn dyst i holl erchyllterau rhyfel a'r modd bwystfilaidd a chreulon y byddai dynion yn trin ei gilydd – y lladd, y llosgi, y dial a'r cigydda di-baid.

Gwrandawodd Donál ar ei eiriau â'i lygaid yn llawn cydymdeimlad a phoen. Wedyn, ar ôl i'r ddau eistedd mewn distawrwydd am sbel a dim ond sŵn y nant a lifai o'r ffynnon i'w chlywed, aeth ati i sôn am ei ffordd o fyw fel mynach. Siaradodd am ei gred yn yr ysbrydol yn hytrach na'r bydol, ei gred mewn cysegru'i fywyd i wneud gwaith Duw ar y ddaear, i helpu eraill ac i ofalu am y tlawd a'r rhai oedd yn sâl. Roedd yn astudio ac ymhyfrydu mewn celfyddyd o bob math er gogoniant Duw, yn pregethu gair Duw ac addysgu eraill amdano ac yn ceisio ymddwyn bob amser mewn ffordd gariadus tuag at ei gyd-ddyn a byd natur.

Roedd Idwal wedi'i swyno'n lân gan y geiriau. Dychwelodd i Ddulyn a'i gam yn ysgafnach o lawer. Teimlai fel pe bai baich mawr wedi'i godi oddi ar ei ysgwyddau, a bod y cymylau mawr am ei galon yn dechrau chwalu a rhyw oleuni arbennig yn cymryd eu lle.

Gwyddai bellach fod ffordd arall i'w chael ac y byddai, rhyw ddiwrnod, yn dilyn y ffordd honno.

Erbyn iddo gyrraedd yn ôl yn llys Gruffudd, roedd yr hen Gofi wedi marw. Bu'r golled yn un drom a dryslyd i Idwal, er mai prin i'r ddeuddyn fod yng nghwmni'i gilydd ers blynyddoedd maith, ond teimlai Idw'n awr ei fod wedi gwir fradychu'r un a wnaeth ei achub ac y byddai'n difaru am hyn am weddill ei oes. Felly, er mwyn Gofi yn anad dim arall, parhaodd Idw yn ei swydd yn llys Gruffudd.

Am weddill yr amser a dreuliodd yn Iwerddon, byddai'n cwrdd â Donál yn rheolaidd a bu'r mynach yn athro da iddo yn holl ddysgeidiaeth y dull mynachaidd o fyw. O'i ran yntau, roedd Idwal yn sgolor brwd a galluog. Dysgodd Donál iddo ddarllen ac ysgrifennu yn Lladin a'r Wyddeleg. Dysgodd hefyd am fywyd Colmcille, am y ffordd roedd y sant wedi cyfuno addysgu a phregethu â llafur caled â'i ddwylo ar hyd ei oes.

Clywodd sut roedd Colmcille, a oedd o dras un o deuluoedd brenhinol Iwerddon, un tro, trwy siarad yn erbyn anghyfiawnder y Brenin Diarmuid, wedi achosi'r rhyfela mwyaf ofnadwy rhwng rhai o deuluoedd Iwerddon gan arwain at frwydr lle y cafodd tair mil o ddynion eu lladd. Roedd hyn wedi'i arswydo cymaint nes iddo ffoi'n alltud. Aeth i Ynys Iona oddi ar arfordir yr Alban i genhadu ymysg y Pictiaid paganaidd. Roedd wedi addo iddo'i hun y byddai'n troi cymaint o baganiaid i Gristnogaeth ag oedd dynion wedi'u lladd yn y rhyfel a achoswyd ganddo yn Iwerddon.

Dotiai Idwal at y storïau am y sant dawnus yma, ac er iddo ddal ati yn ei swydd fel gof, fe wyddai y byddai, rhyw ddydd, yn troi'n fynach ac yn dilyn ffordd amgenach o fyw.

Yn ffodus i Idwal, dychwelodd i Wynedd gyda Gruffudd ar ddechrau cyfnod hir o heddwch ac ni bu'n rhaid iddo wynebu eto'r golygfeydd creulon a oedd wedi'i ddychryn a'i ffieiddio cymaint yn y gorffennol.

Fel llawer o drigolion Gwynedd, roedd wedi dod i barchu Gruffudd fel brenin doeth a chryf a oedd yn llywodraethu'i bobl yn deg ac yn gyfiawn.

Tro ar fyd yn wir, meddyliodd!

Gallai Idwal gofio'r dyn ifanc gwyllt a oedd wedi gorchymyn dinistrio eglwysi Arwystli a rhoi rhwydd hynt i'r gwragedd a phlant gael eu caethiwo gan y Llychlynwyr.

Roedd y teithwyr yn ddigon agos erbyn hyn fel y gallai Idw nabod y brenin yn glir. Roedd ei wallt a'i farf yn hir ac yn glaerwyn. Wrth farchogaeth troai ei ben o'r naill ochr i'r llall fel pe bai'n edrych ar y wlad o'i gwmpas, ond gwyddai Idwal fod Gruffudd bellach yn hollol ddall. Hen arfer, mae'n siŵr, wrth deithio mewn ardal beryglus lle y gallai fod milwyr y gelyn yn cuddio y tu ôl i bob craig.

"Henffych a bendith arnat, f'arglwydd Gruffudd," meddai pan ddaeth yn ddigon agos.

"Dwi'n nabod y llais 'na. Beth mae gof y llys yn ei wneud i fyny yng nghanol y mynyddoedd fan hyn?"

"Nid gof y llys ydw i ers blynyddoedd lawer, f'arglwydd. Mi ymddeolais o'r swyddogaeth honno ers tro byd . . . i wneud gwaith Duw. Ond mae gen ti gof aruthrol i nabod fy llais ar ôl yr holl amser."

"Dwi'n cofio'r hen Gofi, hedd i'w lwch, yn sôn amdanat ti pan oeddet ti'n gyw bach o brentis. Oni wnaeth o dy achub di o grafangau rhyw Norsyn 'sglyfaethus?"

"Do, ac amhrisiadwy yw fy nyled i'r cyfaill hwnnw am byth, pob bendith ar ei enaid."

Gyda chymorth rhai o'r mynaich eraill, helpodd Idw y brenin oddi ar ei geffyl. Y dyn yn ei gwmni oedd ei fab, Owain, dyn golygus, hirgoes a bywiog. Daeth yntau i lawr o'i geffyl hefyd i ffarwelio â'i dad. Hwn oedd Owain Gwynedd, un o brif arweinwyr y Cymry yn ystod y blynyddoedd i ddod.

"Gwylia dy hun a gofala am dy fam, Owain."

"Gwnaf, fy nhad – ond mi wela i di eto, yn gwnaf?"

"Pwy a ŵyr, fy mab," meddai'r henwr dan chwerthin yn dawel. "Mae'r gwynt yn fain i fyny fan hyn."

Am sawl mis, bu Gruffudd ap Cynan ab Iago, brenin Gwynedd, yn byw fel mynach cyffredin ar ochr y mynydd. Treuliai'i ddyddiau'n gweddïo, yn myfyrio neu'n gwrando ar un o'r mynachod eraill yn darllen iddo o'r Ysgrythur neu Fucheddau'r Saint. Yn ystod ei arhosiad bu hefyd gyfle iddo edifarhau am yr holl ddioddefaint yr oedd wedi'i achosi yn ei ddydd.

Byddai Idw'n gwrando arno gan gofio rhai o'r digwyddiadau y soniai'r brenin amdanynt. Fwy nag unwaith, bu Gruffudd yn ei ddagrau a bu'r ddau'n gweddïo gyda'i gilydd am faddeuant.

Ac ar ôl rhyw hyd, dychwelodd o'r mynydd; yn fuan wedyn, aeth i'w wely'n sâl a chasglodd ei deulu o'i gwmpas gan rannu ei eiddo bydol yn deg rhyngddynt. Rhoddodd yn hael i wahanol eglwysi a sefydliadau crefyddol yn Iwerddon, Cymru a hyd yn oed dros y ffin yn arglwyddiaeth ei hen elyn Huw Flaidd o Gaer.

Siaradodd â'i feibion a'u siarsio sut i ofalu am ei deyrnas ar ôl iddo farw. Siaradodd hefyd â'i wraig annwyl.

"F'anwylaf Angharad, hebddot ti fasa Gwynedd ddim yn ei gogoniant heddiw."

"Taw, f'arglwydd. Oni bai am dy holl ymdrechion glew, ac i ti wrthod ildio er cael dy siomi cymaint o weithiau, byddai Gwynedd yn dal i fod rhwng y cŵn a'r brain, yn degan bach i'r Normaniaid ac yn asgwrn cynnen i'r Cymry."

"Na!" protestiodd Gruffudd gan geisio codi ar ei eistedd ond dechreuodd besychu'n arw, a'r pyliau mawr dirdynnol yn ysgwyd ei gorff.

Rhoddodd Angharad ei llaw ar ei dalcen a dychryn wrth weld cymaint roedd y dyn wedi crebachu yn ystod wythnosau ei salwch olaf. Sychodd ei geg â lliain.

"Hsst, Guto bach, gorffwysa di rŵan," sibrydodd â dagrau yn ei llygaid.

"Na!" mynnodd Gruffudd. "Heb dy gyngor a'th gymorth baswn i'n dal i rwyfo dros Fôr Iwerddon ac yn cadw cwmni gwylliaid yr ynys honno. Ac oni bai am y pum plentyn rwyt ti wedi esgor arnyn nhw, fasa llys Gwynedd yn ddim byd gwell na blodyn blwydd fyddai'n darfod yn stormydd cynta'r hydre."

Gostyngodd Angharad ei phen gan deimlo'n wylaidd yn sydyn. Roedd ei gŵr hi'n dweud calon y gwir. Roedd dyfodol y wlad yn argoeli'n dda yn nwylo eu meibion a'u merched.

Roedd hi ar fin ateb pan sylwodd fod anadl poenus Gruffudd wedi peidio. Camodd meddyg y llys yn ei flaen gan chwilio am arwyddion bywyd, ond roedd Gruffudd wedi cyrraedd diwedd y daith.

Yn uchel ar drum y mynydd, edrychai Idw draw tua Bangor

lle y gwyddai fod Gruffudd ap Cynan yn cael ei gladdu y prynhawn hwnnw. Yr ochr draw i'r Fenai wedyn roedd Ynys Môn yn ymdrochi yn yr heulwen braf. Gallai weld helaethrwydd y caeau ŷd enwog yn ymestyn i bob cyfeiriad a phrysurdeb y llongau masnach yn mynd a dod ar yr afon.

Trodd i'r de a'r dwyrain gan dremio dros res ar ôl rhes o fynyddoedd cadarn, rhai yn yr haul, rhai'n gwgu yn y cysgod.

Roedd yna wynt main i'w glywed o'r dwyrain hefyd. Gallai ei deimlo trwy'i glogyn trwchus; arwydd arall o henaint, mae'n siŵr.

Eisteddodd ar garreg wastad ger copa'r mynydd, a chan bwyso ymlaen ar ei bastwn offrymodd weddi fach i enaid y gŵr mawr.

Ar ôl cofio Gruffudd, arhosodd am gryn amser yn ystyried tynged y wlad a orweddai fel map oddi tano. Yn sicr, i Idwal teimlai Gwynedd yn lle mwy diogel i fyw ynddo nag y bu. Roedd y dyddiau pan fyddai môr-ladron yn anrheithio'r glannau wedi mynd heibio, ac erbyn hyn, doedd lluoedd y Normaniaid ddim yn mentro croesi'i ffiniau. Roedd dysg a barddoniaeth a cherddoriaeth yn blodeuo yn holl lysoedd a neuaddau'r deyrnas.

Pe bawn i wedi cael plant, meddyliodd Idw, byddai cael byw yma'n berffaith iddyn nhw.

Gwyliai wrth i bâr o eryrod ddringo o'u nyth ar ben un o'r creigiau'r ochr draw i'r cwm. Yn urddasol ac yn hamddenol, troellent yn araf ar yr awelon, eu cylchoedd yn ymledu'n ehangach ac yn ehangach ac yn uwch ac yn uwch nes bod Idwal yn colli golwg arnyn nhw yn erbyn yr haul.